現代詩

新版圖

本書以廣闊的眼光，
流暢的文筆與溫柔敦厚的詩心，
導讀現代詩作品，
詮釋文壇現象，
質文並茂，
雅俗共賞。

洪淑苓 著

自 序

　　自開始寫書評，總有意無意間選擇詩集來評論。在我眼中，每一本詩集都代表著一顆孤獨又美麗的詩心，渴望有人靠近，並且讀懂它。而我，極願意擔任這解鈴人的角色，雖然有時也不免胡亂猜想一番，但讀詩的樂趣也就在一連串文字的冒險與意外的發現。

　　這本書收錄我多年來撰寫的現代詩書評以及與詩有關的專題、短論，總其名為「現代詩新版圖」，係著眼於其中所論者，有詩壇新起之秀，也有名詩人的新世紀之作；有論及女性議題的，也有鏖探網路詩的；都頗能呼應新時代的風氣，故題名為新版圖，並且把分卷的名目也定為：女詩人新版圖、男詩人新版圖、詩閱讀新版圖與童詩新版圖。

　　我們一向只說女詩人、詩人，為什麼就不曾標明男詩人呢？可見「女詩人」是個尊稱，也略有貶抑之意，如果，「女詩人」意謂著「特別的」詩人，那麼也可能暗示著她一直是個「他者」，遊走於主流社會的排擠與哄抬之間。是故為了真正尊重女詩人，我把她們排在版圖的第一塊「女詩人新版圖」，顯示這是新世紀的新氣象，女詩人終於開疆闢地，雖然她們的總數與男詩人還不能互相抗衡，但詩的質地是毫不遜色的；而後起之秀的充實擴張，也是指日可待的。在本卷中，我們看到蓉子的第十本詩集《這一站不到神話》以時間為主題，展現了成熟的時間美學；林泠的新作《在植物與幽靈

之間》，依舊散發「現代派」的冷冽光芒，音韻、意象、節奏切得如此精準犀利，而內涵上則更從容溫潤，富於人情的體貼——這是五、六○年代的女性名家，為我們呈現的新版圖。而新世代的女詩人，如曾淑美、羅任玲等，在柔美抒情的本色之外，更隱藏難以預料與限制的愛欲。若合卷三的江文瑜編《詩在女鯨躍身擊浪時》來看，新世代女詩人的才情激越，也早已超越古典女性的風格了。本卷共評論女詩人十家，而我自己的作品，請恕我敝帚自珍，也收錄落蒂先生的評論，列為第十一家；並把相關的三篇序評，列為附錄二，以與「女詩人」共襄盛舉。

卷二「男詩人新版圖」，收錄書評十七篇，實則評論男詩人十五家。資格甚老的周夢蝶，在新世紀出版《周夢蝶·世紀詩選》外，又同時出版《十三朵白菊花》與《約會》，可謂盛事。中生代的白靈、杜十三、蘇紹連等，也持續創作出版，蘇紹連的散文詩更已臻於爐火純青之境。海外的杜國清、王潤華，新生代的陳大為，雖然成長經歷略有不同，卻同樣以文字向詩的園地獻爵。這是男詩人的群體努力，而每個人也都頭角崢嶸，不斷在詩藝上求新求變，令人喝采。

卷三「詩閱讀新版圖」，收錄大小論評十七篇。從這些篇章可看出新世紀的詩與閱讀活動的多樣性。一曰各種選集，有以女詩人為主體的，也有以網路詩為選取範疇，呈現各家爭鳴的情形。二曰報紙副刊的每月詩評，此為路寒袖主編台灣日報副刊的創舉，他開設「台灣日日詩」專欄，又每月匯總而評，可稱壯舉，至今副刊未見有此氣魄的。三曰專題探討，我曾以〈新娘與老妻——男詩人筆下的妻子〉、〈現代山水詩——尋訪詩人的心靈原鄉〉、〈桂冠與青蘋果——青年詩人及其作品

面向〉等主題,作深入淺出的介紹,這些議題也都反映了新世紀文本與社會之間的互動與反思。對於鄭愁予、余光中、羅門等名詩人的詩歌成就,我也以若干個小題目加以管窺,希望能夠增進讀者對他們的喜愛。本卷尚有談論如何寫詩、如何讀詩以及如何教詩的篇章,有的是借鏡於蕭蕭、李敏勇的著作,也有多則是我個人現代詩教學的心得。

卷四「童詩新版圖」,收錄書評五篇,實則論述童詩七家。童詩寫作不乏其人,但注意者少,以至它幾乎被排除於現代詩的版圖之外。然而以葉維廉的《樹媽媽》看,其用語活潑天真,意象鮮明,又以道家美學融入其中,是寫給兒童欣賞的童詩,也宜乎有赤子之心的人賞讀。因此,我更相信童詩的經營與用心,最能顯現詩人遊刃有餘的創作藝術。如同西方文學有言,每個作家都應為他的社會寫一本兒童文學,我也盼望,每個詩人都為我們的孩子寫一本活潑又生動的童詩,共同開拓這塊新版圖。

本書許多篇章都發表在文訊月刊,事實上我的第一篇書評〈詩的鈕扣,情的瘡痂〉評陳義芝詩集《青衫》就是刊登於文訊,當時係透過張寶三教授的引薦。孰料日後撰稿的機會如此頻繁,這都要感謝文訊的李瑞騰教授、封德屏總編輯以及幾位同仁的鼓勵督促。我也要感謝中國時報開卷周報、中央日報副刊、台灣日報副刊、台灣詩學季刊、創世紀詩雜誌、以及葡萄園詩刊等,提供園地讓我發揮「婦人之見」。願新世紀的現代詩更加茁壯,人人愛詩,人人寫詩,人人讀詩;也不妨,人人都可論詩。

洪淑苓 序於二〇〇四年六月初夏的台北

Contents

男詩人新版圖

女詩人新版圖

時間的美學

——蓉子《這一站不到神話》評介

　　蓉子詩有著濃厚的時間感，其第十本詩集《這一站不到神話》更顯現了這個特質。

　　蓉子在本書的自序中曾提到一些自己的時間觀，歸納起來是：(1)時間如同一列向前奔馳的列車，不到終點不會停止。童年時列車開得慢，隨著年齡增長，車速加快，一轉眼，大半生就過了。(2)但我們每每對列車通過的短暫時空中，那映照在兩旁車窗上的景物有鮮明的印象。如果可以掌握適當的機緣，將材料加以心靈的轉化和鎔鑄，就可以成為不受時間和自然力摧毀的藝術品——詩；「詩和藝術為我們留下生命過程的某些經驗」。(3)這人世間的各種變化，無不因時間而起，大則國家興衰，小則個人生死，無不與時間有關聯。(4)自己寫過一些春天的詩，和很多夏天的詩；季節的轉移也代表外界環境的改變，以及內心世界不同的感思。

一、對夏季的頌讚

　　從這裡，我們大約了解了蓉子的時間觀，她體認了人生的有限，又珍惜在片刻間閃示的生命圖像，這點比較接近道家的觀點，但她努力以詩掌握永恆，充分表現詩人的本色。而她對時間的敏感，包括了小我的個人生死與大我的歷史興衰；她注意到自己寫了許多季節詩，尤其以夏季詩居多。蓉子出版此詩集時已有五十八歲，這些觀念可視為她對多年創

作中的時間主題之回顧與發揮，可見蓉子對這個主題的重視與持續的經營，她筆下的時間藝術是值得深入探討的。

蓉子對夏天的喜愛，可從本書中〈一組夏天的詩〉得到印證。這組詩共有六首，除〈小暑〉寫夏旱缺水之憂，其餘五首都是讚美夏日的成熟豐美：「夏是一片明媚的綠原」（〈立夏〉）、「喜麥穗之飽滿厚實」、「當蜂蝶從蕊心升起／生命也當如此美滿豐盈」（〈小滿〉）；而端午詩人節也在夏季，因此〈芒種〉便說：「穀物都長出了芒芽／陽光的齒輪轉動不停　佳節已臨」；〈夏至〉詩則以蟬聲叫嚷、荔枝紅豔點出夏日的極致；末首〈大暑〉甚至說：「該熱的季節就得忍受熱／秋收時穀物才能堆滿倉廩」，對夏熱如此容忍、寵愛，只因為「這是渾圓飽滿的夏天」、「夏潮正澎湃」；這組詩雖然都是短詩，但也很能烘托夏日的熱鬧氣氛。在蓉子筆下，夏天就是具有慶典的歡樂意味。另有一首〈夏蓮〉(收入《黑海上的晨曦》)，也有「節慶般的夏」之語，可資印證。

二、對時間本質的體認

蓉子對於時間本質的體認，更有敏銳細膩的表現，例如本書首輯收錄〈時間的節奏〉等六首即是一組佳作。歸納這些作品所透露的時間觀是：時間是永恒的，而人生一世是短暫的；日升月落、季節推移，是大自然的旋律，生生不息，但人生由年少到年老，卻是一去不返，如塵埃、如泡沫；時間對每個人是公平的，但它自己才是那唯一的勝利者。

在這些作品中，蓉子經常以流水、海潮比喻「時間」，而它的生成，因為太渺遠，所以使人無從察考，甚至忽視時間的累積。例如〈時間〉：「恆變才是不變／如今已波濤萬

頃／它激濺奔騰非自今日始／──從我初生時便如此　奈何／直到昨日我才怵目驚心」這裡藉海洋的波濤比喻時間的無始無端、奔流向前，但人要到回首往昔時才驚覺時間的消逝；此詩的最後說：「只有他一人」「在和人類億萬米的長跑賽中永遠金牌在握」，「他」即是時間的擬人化，這裡，蓉子給予「時間」極崇高的地位，遠超過人類的歷史。

　　另一首〈歲月流水〉也是以流水當作「時間」的化身，同時揭示時間的無常萬變：「時間緩緩地吹醒一朵玫瑰的甜美／復若無其事地將它委棄在塵泥／那馳騁在戰場上的常勝將軍突然倒下／流水與沙石遞變」，用「若無其事」更顯得時間的無情與無常，「流水與沙石遞變」指的是時間之變，卻也是宇宙自然的「常」。

三、人生有限，宇宙永恆

　　此外，本書中的兩首詩〈時間列車〉與〈當眾生走過〉尤其精彩。前者共十段四十三行，後者則僅三段九行。前者有論說的味道，後者則偏重抒情；前者從時間的斷裂性，指出時間的驟變與人的有限，後者則從時間的連續性指出天地的永恆，一切循環不止。〈時間列車〉透露蓉子對時間的一大體悟，亦即「化那剎於永恆」的不可能，只有時間本身才是永恆的，如同詩的最後說：

　　愈來我們愈感到水流湍急／而僅能走在這段被約定的時間裡／快樂或憂愁／忍受或享受／前有不盡的古人／後有不斷的來者／無人能走離這嚴密的時間軌道

此處前三行表示年歲老大，愈能感受時間的催迫，並重申人
生有限、苦樂參半的想法；後兩行與陳子昂〈登幽州臺歌〉：
「前不見古人，後不見來者。念天地之悠，獨愴然而涕下」
比較，蓉子看見的卻是古人與來者，源源不斷，人的歷史是
這樣連繫起來的，在限定的時間軌道上依序行走——那麼，
也就沒有什麼可悲歡的、孤獨的命運，這正是人類集體命運
的軌跡。

　　〈當眾生走過〉的全文是：

大地褐觀音般躺著／只有遠天透出朦朧的光
風是琴弦／沙痕是誰人走過的腳印無數？
聽，突然間琴音變奏／你熟稔的痕轍已換／於是風
又轉調　同樣地／將前代的履痕都抹掉／——當眾生
走過。

這首詩用大地黃沙的意象，開拓一個寬廣的空間視野，「觀
音」之形象亦加強大地對人類的包容性。風如琴弦為人世彈
奏時間的曲調，是個優美的想像，生動地描繪了時間一分一
秒、如音符般流逝；樂音的連續，恰可點出時間的恆常性。
而沙上的履痕指人的存在，相對於風，它是短暫的，不斷被
取代、覆蓋；第二段用問句方式，更產生悲涼之感，因為履
痕斷然無法抗拒風的催化。第三段，轉調變奏指世代交替，
人也自然而然被時間淘汰掉。但這一來一往的持續，也顯示
一種開闊的眼光：人的個體有限，但眾生的世代交替，也是
宇宙間的自然現象，人若能視小我為宇宙生命的一部份，投
身於循環不已、生生不息的宇宙時間洪流中，也就能夠因此

突破自我的有限性，使生命更有意義。詩以「——當眾生走過」作結，破折號代表心境的轉折與歎惋，透顯了抒情的意味，有淡淡的惆悵，如歷史的滄桑感。但這也充分顯示蓉子如何化解人生如寄的悲情，當這是「眾生」都必須走過的時間之路，而不是個人獨自的冒險，就不致顯得如此壯烈、決斷，相反的，正如上引〈時間列車〉的理念一樣，因為是「前有不盡的古人／後有不斷的來者」，人的集體命運被觀照到了，便無形中有了歷史性的意義，人類的生命得以在時間之流中延續。

四、結語

「在時間中有一種節奏／在時間中有一種旋律」，蓉子〈時間的旋律〉如是說。蓉子對時間主題的關注是持續不斷的，直到最近發表的〈長日將盡，世紀已老——描廿世季末端景象〉與〈我如何選擇遺忘〉二首（《藍星詩學》八期，二○○○年十二月），仍然就「世紀末」這個特殊的時間意識抒發感想。她對時間的通透認識，表現於對死亡的理性認知，因此把小我的生命視為宇宙生命的一部份，與時俱化，成為大自然循環的一節，生生不息；由此我們看到蓉子對人類命運的思考與關懷，是相當富有歷史感與恢宏氣度的。

蓉子詩對「時間」主題的多樣而深刻的表現，的確令人激賞。

——二○○二年五月，節錄自洪淑苓〈論蓉子詩的時間觀〉，台灣大學文史哲學報五六期

生命的異象

──林泠《在植物與幽靈之間》評介

> 你竟／悍然地斷定／我看到的觸及的／夢見的祇是／
> 生命的異象　歲月的／垂垂（林泠〈20/20之逝〉）

久違了，林泠！在長久的等待後我們終於收穫了您的第二本詩集──《在植物與幽靈之間》：幽微，瑰麗，深刻的思想與現代語言，偶爾閃現一些些「非現代性抒情」，也許更貼近現世的人情，使讀者更容易親近。

林泠是現代派的一則傳奇，她的第一本詩集《林泠詩集》行世多年，其中〈不繫之舟〉被選入中學國文課本，尤其引人注目，允為抒情經典，不讓鄭愁予專美於前。這本《在植物與幽靈之間》則有許多充滿人情溫馨的作品，對愛情的描寫少了，對親情、友情與手足之情的記述則較多。〈搖籃〉寫於母親逝世周年，〈墮馬的王子〉寫給三哥，又有〈給女兒的詩〉，開篇的〈與頑石鑄情〉也和父親有關；此外也有〈詩釣與海戍〉寫童年兼贈梅新。這些人倫關懷之作，情感真誠，語言卻不平凡，例如〈搖籃〉的大跨段句法與章法，繁複的倒裝句，都使得詩意的進行受阻，在一連串的停滯下，形成欲言又止的感覺；這正揭示其對母親的深刻思念啊！「家人憂忡著──另一個世界／有怎樣的光／怎樣的映照使她／依舊描出美麗的臉譜？」這裡，我們看到了人子的孺慕之情，尤其前文用粧鏡與此處以母親的容顏為寄託，相當感人。

　　這些作品主題意義都很值得闡釋，但我們更不能忽視的是林泠對形式的實驗與創造。〈科學——懷念朱明綸師〉以整齊的段落來寫，顯然就是這樣的考量。這便是現代派的林泠，形式就是她的內容。

　　《在植物與幽靈之間》也出現了明顯的女性意識。〈移居，靈魂的〉取材於人類學的發現：女性始祖「露西」猿人的故事，但林泠以詩和時間為喻，把女性人類的出現推溯至遠古，「他踉蹌地進入，自廊廡／她靜靜等著」，這彷彿說女性早就在時間之初，而男性很久以後才出現；「她——踉蹌地進入／他的齒澗他的手掌／而猝然地碎裂／在舌上……像一首詩，」，這似乎說女性以詩的優美和豐富迎向男性，但卻遭受到毀滅。這首詩賦予「露西」女猿人極鮮明的女性意識。〈烏托邦的變奏〉以代言的方式，為AZ寫給她孩子的婚禮。從「一：無托邦」、「二：夫托邦、父托邦」的標題，已可略窺其對男性文化的嘲諷。「可是我，唉———一個女子／能有，啊，能有怎樣的自由？／那與生俱來的原罪／深植在我們的雙股之間／在我們（被愛情／污瀆的）心房心室的窄渠。」，這些話是反諷的，而且故意說得有點兒俚俗，以見笑謔之意。或許林泠和AZ是極熟識的朋友，因此才能這麼戲謔的說。但這首詩的語氣和含意，幾乎使人錯覺是夏宇的文言版，對男性是那麼的輕蔑，而有著女性的自信。

　　然而林泠對人類習性與命運之思考，是嚴肅而多面的。在這本詩集中，除了對現實世界的戰亂國家與人民有人道關懷，也曾因人類的起源，而向達爾文質疑，寫下〈單性論〉。〈四月：泛草聯盟的成立〉一詩的設想也很有趣，想要和草類結盟，成為「野草的一員」，其所追求的，無非是「自然」

二字。又有〈狸奴物語——日記六則〉，以狸的角度觀察人類，稱人類為暴君、惡棍，揭穿人類的虛偽、貪婪和暴虐，全篇像個可愛的動物故事，但主題深意不言而明。

　　大多數人著迷於林泠童話般的氣質，《林泠詩集》的確以愛情的溫軟光燦使人流連忘返，但新著《在植物與幽靈之間》就不只如此，它呈現了更多樣的生命的異象，以及創作技巧的粹煉。這應是詩藝與人生閱歷的同步共榮，也使我們更加欣賞林泠。

——二○○三年六月，文訊，二一二期

靈魂深處的節奏

——朵思《從池塘出發》評介

　　朵思的新作《從池塘出發》共收錄七十八首新詩，別為五輯。輯一的作品，大多寫旅歐時的所見所聞；輯二則皆為散文詩，在形式與內容上，都有可探討之處；輯三以下，有富含哲理的小詩，也有長篇抒情，題材則頗多類型，情感的、生活的、生命的，處處可見朵思個人對創作與人生的堅持。

　　在書的序與跋中，朵思一再宣示她對詩創作的熱忱，同時也不斷強調詩的韻律感與節奏感。事實上，讀朵思的詩，也常常使我感覺一種模糊又清晰的節奏。那聲音，彷彿來自夢裡，或是幻覺，或是心底深處，一面錫鼓被巨大的聲波撞響！使人眼前的影像重重疊疊，耳朵卻又被一條韻律的繩索牽引著，譬如〈迷〉：

　　獵犬在記憶中奔跑的時候，激情透明而又晶瑩，
　　他虛擬魂魄與肉體的遇合，宇宙中，光與聲音的追
　　逐，以及疏離與熱切相互關注的輪動。
　　他在年輕的城堡中等待，一直——，直到城堡逐漸老
　　去。

　　這是一首散文詩，由前後兩段構成，在篇幅上，前段的長與後段的短形成對比；在內涵上，前段堆砌的多重跳動的場景與後段單一死寂的「等待」，也形成強烈的對比；整首

詩的張力由此構成，氣氛也由熱切喧鬧轉入沉默凝滯。而題目為「迷」，更啟人深思：屬於年輕生命的激情繁華，究竟何時老去？在記憶的迷宮森林，可真有那一座等待的城堡？

無疑的，朵思近來所努力創作的散文詩，的確具有高度的創發性與藝術價值。《從池塘出發》輯二所收的十五首散文詩，每一首都值得仔細玩味。

朵思的詩具有思辨性，因此作品中常有出人意表的奇想與警語。例如〈啥〉：「二尖瓣和三尖瓣是啥？／生命的幫浦鬆掉了／修一修／我想我可以再飛」這裡係用調侃的語氣說心臟病不可怕，而且把心臟比喻為幫浦、引擎，修理過了，生命照樣可以飛翔──設想新奇，語氣也非常理直氣壯！另一首〈扶〉，也同樣表露朵思的陽剛氣勢：「請扶起我的靈魂坐好／我說出要說的那個字時／世界將崩潰」不管那個字是什麼，扶起靈魂、世界崩潰，這其間的因果邏輯，超乎常理想像，令人震懾。又如〈甦〉，在努力平息、壓抑對你的思念時，你的影子仍然「從地上莫名站起／說：我還在這裡」這兩行結語，表現了記憶的頑強、不可抹滅，讀之令人悚動不已。

比較特別的是，輯五的〈懷思〉，此詩係懷念母親而作：在夢境中，母女重逢，撩撥了朵思的孺慕之情；在為母撿骨時，朵思方了悟，這便是生命的輪迴，如此單純、如此超脫。參看輯二的〈我的夢偎著母親的容顏〉，更能了解朵思心中的思親情懷。二詩對照，輯二的這首散文詩仍強調驚懼的氣氛──母親驟然去世、消失，而〈懷思〉為長篇之作，兼具抒情與敘事的筆法，語調較緩和、寧靜。由此也可知創作形式不同，傳達的況味也不同。

　　朵思的第一本詩集《側影》於一九六三年四月出版，迄今已過三十個年頭，而且仍然持續創作，這種對於詩的堅強信念，使人佩服。

　　我想，詩的節奏，正是她靈魂深處，綿綿不絕的呼喚。

—— 二○○○年二月，文訊，一七二期

現代詩
新版圖

我們去看煙火好嗎

——席慕蓉《席慕蓉‧世紀詩選》評介

我們去看煙火好嗎
去　去看那
繁花之中如何再生繁花
夢境之上如何再現夢境
　　　　——席慕蓉〈請柬——給讀詩的人〉

　　這是席慕蓉給愛詩的人的請柬。煙火的光燦絢爛，一如繁花與夢境，美麗而短暫，似幻猶真。這感覺，也很像我們讀席慕蓉詩的感覺。

　　「美麗」，是席慕蓉喜用的字眼兒，它不只是形容詞，也是一種情緒，一種氣氛，一種格調。〈一棵開花的樹〉：「如何讓你遇見我／在我最美麗的時刻」這樣的美麗，是美好的容顏、俊俏的姿態，也是喜悅的心情，人生的最美滿。席慕蓉詩中的「美麗」，正代表著簡單而純潔的人生觀，深深吸引著我們。

　　「有悔」，是席慕蓉詩經常浮現的旋律，它不像「執著無悔」般壯烈，卻每每惹得人心疼，咀嚼之中，特別感受到一股蒼涼。昨日的小徑，小徑上的腳印，不再回來的夏日……這些輕巧的意象，都代表著已逝的青春，想像（或記憶中）的前緣，不斷在詩句裡閃爍，引發許多「如果……我就」的追悔。然而「有悔」與「不悔」有時是一線之隔，〈山路〉

中「沒能實現的諾言」屬於前者，〈霧起時〉裡那個「絕不會認錯的背影」就屬於後者了。悔與不悔，都牽動我們的情緒，因為席慕蓉為我們說出了內心最溫柔的言語。

柔美的情詩之外，席慕蓉的深深鄉愁也是她反覆歌詠的。早期的〈出塞曲〉、〈長城謠〉與〈鄉愁〉等，都是比較抒情式的詠歎，而近期的〈交易〉、〈大雁之歌——寫給碎裂的高原〉與〈蒙文課——內蒙古篇〉等，則在抒情的筆法中，隱現一些抗議、質問，雖然語氣仍然溫和，卻比從前的作品更落實於大漠兒女的身分，在當今族群與認同話題吵得震天價響時，席慕蓉的詩也就有了新的解讀角度，讓我們重新去認識蒙古，以及一位深具民族情感的女詩人。

自《七里香》出版以來，席慕蓉備受矚目。但很多人對她的印象大概也就停留在《七里香》與《無怨的青春》，透過這本《席慕蓉·世紀詩選》，應該可以給我們更開闊的視野。前二書之後，《時光九篇》與《邊緣光影》也都有佳作連篇。在這兩本詩集中，愛情的主題依舊，更擴增了對人生、時間、歷史以及家鄉的書寫。〈歷史博物館〉、〈歲月〉、〈留言〉等皆是長篇之作，在綿密的思考中，我們也見識到席慕蓉內在沉潛的一面——她，畢竟不是只寫「輕薄短小」的情詩而已。

——二○○○年十一月廿七日，中央日報
副刊

零亂的青春

——葉紅《廊下鋪著沉睡的夜》評介

　　乍讀葉紅的詩，頗為其中所鋪設的靜謐與美而感動。這本《廊下鋪著沈睡的夜》（一九九八年元月，河童出版社），許多篇章，從題目到內容，都給人這樣的感覺。

　　首先看與書同題的詩：「廊下鋪著沈睡的夜／就像嚐過佳釀一樣／悄悄臥出了／豐腴眾神的密度／一片殘酷的美」，在詩的第一段，即以佳釀酣醉來形容夜的靜謐，「臥」字相當生動地點出時間的推移，彷彿可以看到夜的陰影投射到廊下，覆蓋了一切。而這天地間的沉寂，又隱含了神秘不可測的力量，同時具有一種「殘酷的美」。黑夜是白晝已盡的殘餘，如同死亡之於生命，因此可以說是殘酷的。再從第二段看，「孤獨的追逐」、「在廢墟中黯然殘喘」等句子，都是呼應這種「殘酷的美」而來。因此也可推知，葉紅詩中的美，不是幸福的純美，而是帶著殘缺、追悔、決裂，甚至冷酷的美感。

　　以這樣的角度看她寫的情詩，如〈愛情和它的流言〉、〈闊葉芋的綠〉、〈千羽鶴〉、〈藉口〉等作品，就比較能夠掌握其中美麗而傷痛的情感，那是藏在記憶深處，無時無刻不在翻轉的愛的圖騰。當把它翻譯成文字時，為了和它保持距離，便「冷眼在情感中穿梭，看風打身邊經過」（〈藉口〉）「冷眼」一詞，恰恰是自我表白，想要倨傲地和「感情」交手，展現「遺世而獨立」的姿態。

　　最能代表這種外冷內熱的心境的，是〈落葉祭〉。本詩看似描寫落葉飄零，「祭」字可能襲用日人賽會、慶典之意，但在中文本身，本就是祭告鬼神，神聖莊嚴的儀式。是故本詩寫的，其實是哀歎青春的凋蔽，首二句把即將消逝的青春比喻成「最後一絲零亂」，已見悲涼意味。這是一首青春的輓歌，只不過更企求在衰亡之前，演出一場可歌可泣，動人心魄，如同楓紅焚燒遍野的浴火重生。葉紅雖然極力寫得很「冷」，但仍可感覺其中冰炭在抱的艱難心境。

　　近來出版詩集者，盛行把時人的賞析、評論附於書末，這想必有助於讀者的了解。在這些評論裡，向明說葉紅是現今詩壇「逆勢操作，仍然堅持寫她最中國女性化的詩」（見其〈逆勢操作—小論葉紅〉）。誠然。在葉紅詩中，月、夢、睡、花等意象使用頻仍，而這些都是女性詩人筆下常見的。只不過令人訝異的是，她把睡眠與夢境，運用得如此多樣靈活，有篇幅較長的〈凋零的睡眠〉，題旨深重；也有像〈無題三行〉這麼短小的篇章：「準備一塊抹布／抹淨眼球後／好讓瞌睡蟲爬行」（其一），抹布一詞，乃神來之筆，令人莞爾。

　　《廊》集所寫的，大多是對於愛與青春的詠歎。但二首寫給兒子的詩〈背影〉、〈花鹿〉，則流露身為母親者的護犢深情與些許的複雜情愫。這提醒我們，女詩人的「母性」，也應該受到注意。如果創作是一輩子的事業，則不僅愛情、情欲、親情、友情等不同層次的情感內涵，都值得去挖掘。如此一來，題材得以拓展，作品的風貌也更多變而豐富。

──一九九八年八月，文訊，一五四期

溫婉的與剛直的

——曾淑美《墜入花叢的女子》評介

一、擺盪的詩心

也許曾淑美的詩引人注目的是她對於性與愛的詮釋，像這樣的句子：

> 做愛之前，我們／坐下來傾聽所有的欲望／自軀體
> 嘩然崩落（〈哀愁〉，一九八三年五月）
> 那陣子我們傾倒於革命／蓄長髮留鬍子，故意做愛／
> 心思遠涉一個出產熱血和虛無的地方／灌木叢裡窩藏
> 肯納豎笛的悲音（〈紀念〉，一九八七年十二月）

其中所表現的，顯然大大不同於傳統（女）詩人用詞的委婉與含蓄。但是，如果因此以為曾淑美的詩具有完全的「現代情感」，那似乎還有商榷之處。翻檢她的詩集《墜入花叢的女子》，我們發現隱隱有「溫婉的」與「剛直的」這兩種情愫在糾結，使得她的「詩心」在二者之間擺盪，也形成了耐人尋味的論題。

二、早期的溫婉之作

我所謂現代情感，是相對於傳統而言。從古典詩詞，乃至於現代詩中的抒情作品，描述情愛，大多以種種譬喻，迂曲指

涉;而個中所透露的情感,也常常是「衣帶漸寬終不悔,為伊消得人憔悴」這般地癡絕、溫婉;隨之而生的,也就是對情感的冀盼與失望,而又與「等待」相循環。至於現代情感,藉現代小說與其他學科的分析來看,是要重新定義愛情,正視靈與肉的掙扎,顯示的態度是勇敢、剛烈,又帶有質疑、否定的意味。前舉曾淑美詩句,第一首言語冷雋,所以雖然說的是「慾望」,卻使人有淨化、昇華的感覺(註一);後一首企圖將詩與社會、政治結合,因此呈現了剛猛、積極進取的氣氛:這都可以說是現代情感的流露。但進一步看,前者題為「哀愁」;後者則視熱血與虛無同源,聽到的也是「悲音」,似乎暗示著作者雖勇於揮霍青春(註二),卻仍有所悲、有所悔——否則為何詩中的一切只是「紀念」?推究其因,我以為正是另一種情愫——屬於傳統的溫婉在作用者。

在《墜入花叢的女子》中,有不少的作品一如傳統情詩,傳達對愛情的信約與期盼、等待與失望。例如〈雨夜書〉(一九八三年十一月):

> 所有的星星伏在窗口哭泣
> 但是我喜歡在晴天
> 想念你
>
> 喜歡把想念
> 種植成一千行詩句
> 我流淚灌溉的花朵
> 春天的時候到草坪縱火
> 你的心田很美很美
> 但是不安太多

（中略二段）

　　給我一株帶雨的薔薇
　　告別必須華麗而哀傷
　　雨水必須循陽光而消失
　　但是我的眷戀太深了
　　你的名字被祕密地刻在天空一角
　　留給晴風不斷翻閱

這首寫的是思念之情，是普遍的主題，使用的詞彙如星星、花朵、雨點、哭泣、陽光、薔薇等也都是習見的形象。「你的心田很美很美，但是不安太多」兩句，表達了作者對愛情盼望至深，也因此而惴慄惶恐；最後三句十分順當，彷彿信手拈來，卻點明了宿命似的相思與等待，這首詩可說是一首典型的傳統情詩。其次，像〈無題〉（一九八一年八月）與〈無題之二〉（一九八一年十一月）這兩首詩也同樣是用花朵（茉莉、薔薇）、雨聲以及窗口、門前等詞彙，作為傳達思念與情傷的媒介。其中的窗口，更成為具有「等待」以及其他類似或相反意義的意象。一九八四年四月作的〈雨地〉可為例證：

　　雨地裡
　　金線菊開了又謝
　　謝了又開。春天之後——
　　春天之後我就是

經常經過你幸福窗口的
被雨濺濕的女子

這首詩顯然承繼了鄭愁予的「情婦」與「錯誤」二詩的餘響；別出心裁的地方是，在窗口徘徊的乃一女子而非浪子，但是情感中等待與失望的質素卻未曾稍減。

三、溫婉與剛直的糾結

當然，不可抹殺的是，上述幾首作品，都屬於曾淑美早期之作。《墜入花叢的女子》收錄她一九八一年到一九八七年的詩作，八五年九月作的〈狂人開槍〉、十月作的〈城市之光〉以及八七年二月作的〈紀念〉等新近的作品，在題材上已有所轉變。而且就花朵這個形象來說，〈狂〉詩裡的「胸花」和死亡連結；〈城〉詩裡賣花童的花和山地人的蓮花，成為對城市文明的反諷；〈紀〉詩裡的「雛菊」，讓作者有「插進發火的槍管」的疑慮，代表了年輕的心靈對沈悶世界的抗議；似此，皆可顯示出後期作品的深度與成熟。不過，八五年二月、六月作的〈纏綿帖〉與〈悱惻帖〉卻仍有早期作品的遺跡：前者將自己比喻成「我只是搖搖欲墜一朵／露珠或落花」，後者有句云「我流著身後的眼淚／親吻你背後的影子」皆呈現出靜美、悲婉的氣氛來；描寫愛慾的情景，也不是用赤裸裸的字眼，而是用這樣的筆觸：

口渴／就在你的唇上龜裂了／我之內／藏匿一座絕美的峽谷／向我更深刻地墮落／最深淵／你將獲得飛行的翅膀／低低穿掠初霞的湧生（〈纏綿帖〉）

用詞相當含蓄，情感也很細緻。即使在〈悱惻帖〉中有「我向你的體內呼喊：愛」這一句稍淺白的表露，但因為詩中第二段已經用「我的手睡著了／在別的手中」的暗喻筆法，來作全詩的背景，所以這麼一句直截了當的話，仍然是在「含蓄」的規範下，不至於將委婉的情意轉為開門見山。八六年三月作的〈襪子的顏色〉第二段寫著：

我把傷心隱藏在
襪子的顏色裡：
鬱綠與深褐
夏秋之交的氣息。
我的傷心始終不忍
涉足絕望的雪地

「我的傷心」也許是為了愛情，或是人生，或是其他，不可得知；但作者以鬱綠和深褐這兩個濃重的顏色來象徵季節與心情，就頗令人玩味了。末句雪地的景象，或多或少轉化了敻虹的〈網〉詩中的意境：「當我赤足走過風雪／你是畫外的人／正觀賞那茫茫的景緻」這裡的「我」，流露出卓絕不悔的情性，而曾淑美的「我」不忍涉足絕望的雪地，則代表了對「絕望」的抗拒與堅持，也可說是不悔。與敻虹詩比較，〈襪子的顏色〉並不遜色，也是一首極佳的抒情作品。

在八三年的〈哀愁〉詩裡，曾淑美已經發出驚人之句，那開放、現代的情感，也繼續在近年詩作裡演示著。但為什麼八四年八月所作的〈上邪曲〉猶是古典風格，甚至像「我愛你至於心碎」這句，其實並不如原詩「天地合，乃敢與君

絕」所表現的率直與剛烈！倘若八五年〈狂人開槍〉等詩之出現，預示著她新詩風的穩固，〈襪子的顏色〉這般深致的作品，卻又將之動搖了幾分。因此，儘管在詩集中，曾淑美重新編排作品，以類相從分為六輯，顯現她頗有自覺於這兩種筆調的區別；但從創作的歷程來看，溫婉唯美與剛直理性這兩種情愫一直在她心中交揉、糾結著；她可以「勇敢地把自我做最清澈的呈現」（註三），不過她也卻還在探索最合適的道路。

四、餘言

如果說，年輕詩人想在短短六、七年內建立自己的風格，甚至已有前後期的轉變，這恐怕需要相當的質與量的作品擺在眼前，才能論定。《墜入花叢的女子》共收錄二十九首詩，最短五行，最長約三十行左右：以此來討論風格似嫌不足，但卻可掌握到個人的脈動。至於曾淑美將在題材上擴充，並且重用剛直的筆調，或是仍然不忘情於溫婉的質素，繼續在抒情詩上求精進，這應該由她自行抉擇吧！

———一九八八年十二月，文訊，卅九期

附　註

註一：語見林耀德《一九四九以後》：「慾念跌碎了！靈魂也昇華了。」，爾雅出版社，頁二四七。
註二：曾淑美在詩集「跋」中說：「耐心讀完它的朋友們，也許能從我坦然示範的錯誤中，領略出生命裡真正強韌美好、經得起揮霍的部分——這部份我始終辭不達意。」
註三：語見李瑞騰編《七十四年詩選》，爾雅出版社，頁一六七。

從童話裏流浪出來

──《陳斐雯詩集》評介

一、序　言

這本詩集，收了四十三首詩，很薄。封皮是藍灰色的，很淡。醒目的圓黑體字「陳斐雯詩集」，像灌木林似的，排列在地平線的一端──這是屬於陳斐雯的天地。

關於陳斐雯和她的詩，我們已經聽說不少的讚美和評論，例如「生命場中的蒔花女」等等。的確，她的詩有特殊的吸引力與成就。如同她在詩序〈風流手札〉中所言：

在花草醒來的前夕，我以萬倍於光的速度，前去向
太陽預約了來春真實的生命與愛，而且帶回了許多
成長的顏色。（卷二、冬日練習曲４）

這本詩集讓我們看到了她在成長路上，恣意或是刻意地栽植的花木（注意哦，不是採擷！斐雯說「不許摘花」）。但現在，我想從陳斐雯個人最簡單的傳記資料開始，對她的詩作一次探測。我用這樣的方法來品評，有一個前提與目標──大凡作家的第一本書，多有自傳式的投影；讀過這本詩集，我覺得可以掌握到作者某些成長的要素。而我的目標是，希望藉此能對「新生代」詩人（藍星詩刊第八號用語）的研究，提出試探性的可能方向與論點。

　　面對陳斐雯個人資料：陳斐雯，民國五十二年生，臺中市人。臺中女中畢業。民國七十四年夏，文化大學中文系文藝創作組畢業——我想我們會有幾種聯想與期盼：

　　1.中文系的詩人

　　2.女詩人

　　3.陳斐雯這個詩人

以下就按照這三種分類法進行。（註一）

二、分類評論

〔習題一〕（註二）中文系的詩人

　　如果我們以為出身中文系的詩人，他的詩中應該有古典精緻的遣詞造句，或是委婉含蓄的意象內涵；那麼在這本詩集裏，我們恐怕會有點失望。但是，〈流年〉、〈薤露〉和〈帶你們離家出走〉這三首詩，卻會給我們新奇的感受。

　　〈流年〉的第二段，蛻變自白居易的〈問劉十九〉：「綠螘新醅酒，紅泥小火爐。晚來天欲雪，能飲一杯無？」但溫暖的小火爐，以及雪夜對飲的豪情，在陳斐雯筆下，紅泥小火爐熄了、記憶凍壞了，寂寞的冬日，白雪遮蓋了往日熱情的日記和年輕的眉黛；對人情的疏闊，及歲月的流逝，別有一番感慨。

　　〈薤露〉本是漢代樂府詩：「薤上露，何易晞？露晞明朝更復落，人死一去何時歸？」喟歎生命的消逝，竟比露珠還要快速，並且一去不返。而陳斐雯將之詮釋為「黑夜裏絕望／流的淚緩緩／凋懸成薤葉尖上／欲墜不墜／的／希望」因絕望而流淚，淚卻凝聚成「欲墜不墜的希望」，陳斐雯對生命提出了質疑，但多少還懸浮著一絲希望，畢竟她是年輕的！

　　將古典的題材，運用於現代詩中，陳斐雯所展現給我們的是：從自己的人生經驗出發，對生命提供問與答。在〈帶你們離家出走〉此詩中，我們可以看到更明顯的企圖：「今年冬天／太長太長了／楚辭漢賦唐詩宋詞元曲／水滸傳西遊記／就連紅樓夢／都已當柴燒盡／這空虛城裏還有什麼／可供偷吃呢？」中文系（甚至中國人）的古典文學菁華都上了榜，但卻是「當柴燒盡」；冬天冷，燒柴取暖，這可能有幾種暗示：現實冷酷，凡中文的、文學的都給犧牲掉，以便發展其他物質文明；或是反諷研究中國文學的人，不能窺測經典奧義，反而作廉價的「知識販賣」，煮字療飢……等。那些「無糧可偷吃的老鼠」，可能指在古典文學裏汲取營養的文人，也可能嘲諷那些死Ｋ書、囫圇吞棗的學生……總之，現狀均不令人滿意，於是陳斐雯遁身到斑衣吹笛人的童話裏（註三），要做那吹笛人，帶這群困蔽的「老鼠」，另謀生路。

　　這類作品只有三首，因此我們無法驟下結論。但篇幅最長的〈帶你們離家出走〉，係以童話故事為架構——這給我們一種提示：陳斐雯喜用童話語彙。在下面的討論中可以得到更充分的證明。

〔習題二〕女詩人

　　我以為，屬於女詩人的，應該是「童話」、「夢」以及「長髮」等較夢幻、柔美的題材與意象，在陳斐雯詩集中，往往用童話來表達她的愛情觀與人生觀。巧的是，「長髮」所訴說的，恰與前者重疊；「夢」往往也涵括了她的人生觀。

　　〈愛情筆記〉和〈化妝舞會〉很可以代表她的愛情觀。在這兩首詩中，她利用白雪公主、白馬王子以及灰姑娘的童

話作為詩的骨架，而表現出大異其趣的風貌。綜合起來，透過童話，她得到兩種觀照：

一、是對童話故事的反省，戳破其中的幻境。例如「愛情筆記」說愛情是something,anything,nothing三種歸納，亦即是生命裏從「重要的某事」到「可有可無的任何一事」，最後「無所事是的無事」的過程；也就是說沒有人會再相信，愛情是「從此他們兩人就過著快樂幸福的日子」這般童話式的美夢。於是在「化妝舞會」裏，陳斐雯請親愛的白馬王子「熄滅心中溫暖的童話燭光」，她「只想自己一人／赤足到草地上去／啜吻冰的月光」，既然不再相信童話，當然欲自其中抽離，保持自我的清醒。

二、是反省到女性對童話人物認同的曖昧心理，並且也作了自我批判。這尤其難能可貴，因為大多數的人或許都有「被童話騙了」懊惱，但卻很少知道，其實自己也在心中捏造了一些假象。「化妝舞會」裏警告白雪公主，那美麗的玻璃棺，是用「青春」鑄成的——用青春向命運賄賂，回報的也許是幸福，也許是痛苦啊！又說「可千萬不要隨意／吐露嘴裏的毒蘋果」，白馬王子怎麼知道白雪公主嘴裏含的是「毒蘋果」？但白雪公主知道；那「愛情的毒藥」其實藏在每一個白雪公主口裏，她也必須為愛情負責，不能把一切的後果都推給童話。詩的最後，灰姑娘照例遺落了玻璃鞋，但是「卸裝之後，不好再見」——陳斐雯說得俏皮，卻一針見血，揭露出現代人在愛情遊戲中，本就是戴著假面具的，灰姑娘心裏有數，白馬王子也心照不宣。我想這類的反省和批判，已經超越童話人物的形象，而對自己的內心有深刻的省察。這是陳斐雯的成功之處。

　　由於對愛情保持清醒，所以〈索愛〉和〈雲煙〉二首詩，雖然都以「長髮」作為愛情的象徵（註四），但卻令人感覺冷靜勝於溫馨。前首詩說，當攀爬那相逢的藤索時，「腳踝繫一把銳利的小彎刀／一路割斷懸向地面的／凡塵來路」；後者說，情人像一把感傷的大提琴，「春天離去時／要剪你的髮，束成弓／在身上悠悠拉出／一朵朵雲煙」繫小彎刀的攀爬者、斷髮成絃的提琴手，都讓我們感覺他們對愛情的態度是那麼浪漫、卻又含著理智的選擇：只有帶著小彎刀，才能斬斷不必要的羈絆；只有把長髮束成弓，才能永遠保持柔美的青春。所以我覺得這詩集中的愛情觀，是冷靜而客觀的。甚至寫分手的〈分〉，都那麼的平常口吻：「我無情／要做天地／任你自由來去」比起敻虹的〈網〉：「當我赤足走過風雪／你是畫外的人／正觀賞那茫茫的景緻」這等冰炭在抱的人生警語，〈分〉這首詩，倒有「縱浪大化中」的平淡。

　　第二類表達人生觀者，可以〈歎息瓶〉為例。此詩以魔瓶中的巨人童話故事（註五）為基型，不過那巨人已化身為「密封著歎息，我是／彩色鑲嵌的琉璃瓶」。巨人找不到合意的主人，這歎息瓶也找不到「恆久躺息的沙灘」；像人海的沈浮，何處才是靈魂最終的棲止處？但最大的轉折是「揭開我，便是／揭開被歎息密封的／你自己」原來我們每個人都是被鎖在瓶子裏的「巨人」，然而巨人有法術，我們卻只有歎息。幸好，「交換彼此的歎息」也聊以安慰現代人空乏的心靈，不致於像童話裏那個倒楣的主人，最後差點給巨人吃掉！這首詩用心很巧，文字也運用得好。

　　此外，像〈迷路〉，襯以糖果屋的童話（註六），適切地表現人生的迷路，就像「失眠」，一不小心就會步入迂迴的

陷阱。「失眠」其實就和「夢」有關，於是我們可以從這首有「童話」與「夢」的詩，過渡到陳斐雯寫「夢」，以表達她的人生觀。

〈夢的關節炎〉一首，已經很明白說出夢像關節炎「酸疼著／我對人生的神往」神往什麼？詩集中並沒有明白指出，但像前舉〈迷路〉一詩，「夢」裏所呈現的，是種種人生的境遇；陳斐雯的「夢」，反省過去、預示未來，以便休息之後，再度投身於人生場上。〈巫婆M的承諾〉及〈夢的曠野〉有類似的意趣。

以上的析論，可簡單畫出兩條線索：童話→愛情觀→長髮，童話→人生觀→夢，此處童話幾乎已經發揮了最大的功用，童話語彙的使用也已經到達飽和點。我不得不提出忠告，我想陳斐雯也已自覺：最好莫再重覆這樣的套式——「從童話裏流浪出來」，尋覓更寬廣的天地。

〔習題三〕陳斐雯＝陳斐雯

〈地球花園〉、〈養鳥須知〉二詩早已膾炙人口，也是陳斐雯展現潛力與才華的佳作。〈壞脾氣〉、〈哦〉等詩，充滿趣味，又能表現個人的性情。〈老人〉詩，以垂朽的殘存老人和年輕而想死的我作對比，語溫厚，主題卻相當深刻；〈例外〉，寫人生跑道上，突然有一個人蹲下來痴痴笑，而歲月依然過往——這鏡頭外的一景，令我覺得非常淒涼、足堪玩味。這些有著獨特個人風格的詩，都是詩壇寄予厚望的，陳斐雯未來的努力方向也在此，像她在〈春日練習曲〉承諾的：「再度打算關愛自己以外的事物」，我想這是遠景所在。而這個習題，留給她和後人來完成。

三、附　論

由以上的討論，我對與陳斐雯同輩的新生代詩人，有著這樣的想法：

一、當前輩詩人徵用古典的、中國的典故與意象，這一代詩人卻是使用西方童話或現代科技「神話」，這種現象所蘊含的背景原因與內在意義，值得我們深思，因為這觸及到當前人文教育的內容與取向。

二、無疑的，學校背景，已不足說明這一代詩人的內涵。詩的內涵，顯然寄託於作者的自我教育與個人關懷的範疇。但在各領風騷的個人色彩之外，「科技與文化」、「環境與資源」等社會問題，卻又是詩人共同關注的焦點。這種「時代的見證」，提供許多討論的話題。

除了以上兩點淺見，新生代詩人究竟展現給我們哪些研究的課題？我想論壇先進應該可以開拓出更多。

—— 一九八六年八月，文訊，廿五期

附　註

註一：　為保持討論觀點的單一性，及囿於個人時間、才力，本文只從內容思想上的探討出發。

註二：　陳斐雯詩集以〔練習一〕標目，今反效之。出「習題」給自己，也叩問於諸賢。

註三：　童話：某鎮鼠輩猖獗。有善笛者入，謂能驅鼠。事成，鎮民不守前約。吹笛人乃以笛聲召喚鎮內孩童，不知去向。

註四：　此二詩亦可另解，例如純粹寫雨景與雲煙。本處單取此解。

註五：　童話：巨人受禁魔瓶。屢發誓，有拾之者，將酬。久無人至，遂發惡心，拾之者，噬之。適有漁人過，拾之，知其惡

念，設計復拘之瓶內。

註六： 童話：有兄妹二人森林，林內有糖果，糕點充盈，兄妹流連
忘返，巫婆乃現，欲烹二者。

飛翔吧！女詩人

──羅任玲《逆光飛行》評介

> 月光擱淺在陶瓶裡，許多年了。
> 我是風／是影子裡流浪的一把刀。

　　隨意瀏覽羅任玲的詩，總可以隨意拾取令人心動的句子。有的是字詞下得好，譬如「擱淺」；有的是意象精妙，層層轉喻，極為靈動，譬如把流動的風比喻為刀，輕柔之外，別見陽剛的勁道。而「影子裡」、「流浪的」二詞，又使這把刀變成虛晃的刀光劍影，可重可輕。

　　所以，用「感覺」去讀《逆光飛行》，可能比深究主題思想等，更能探觸到羅任玲的作品內蘊。〈記憶之初〉、〈關於孤獨〉、〈裁縫師的二、三事〉等作品，在主題、結構上，確實值得深入探討。關於歷史與死亡、孤獨與時間等。但不容忽視的是，其中對於氣氛的營造，意象的捕捉，是那麼地淋漓盡致，〈記〉以幽淒之筆述說記憶中，詩意的片段；〈關〉的溼、冷感覺；〈裁〉的苦澀、空幻、深沉，這些已相當耐人咀嚼，甚至足以耽溺。說的是什麼，有沒有「讀懂」，反而是次要的了。

　　右舉諸例，都是以組詩或連章的形式出現。由此可了解羅任玲在形式結構上的企圖，她是認真的、嚴謹的，努力把一個意念完整呈現。而這本詩集在形式上的試驗，也相當多樣。〈囚徒〉、〈冬景〉有別致的創作形式，使形式與內容

能夠合一。其他如圖象詩、散文詩、方塊體等作品,也不乏其例。尤可喜者,每類僅此一首,令人有所驚喜,而無重複的厭倦。

夢與記憶,是《逆光飛行》裡不斷浮現的旋律與節奏,而批評者每將此歸諸女性的特質。但更值得注意的是,飛翔的渴望。《夜間飛行》、《今夜不想睡,想飛》皆是女性作家的書名,而羅任玲不僅書名、篇名如此,各作品中亦經常流露飛翔意識。在她筆下,「飛翔」幾乎是「逃亡」的同義詞,代表自由。但追求自由的同時,卻往往有插翅難飛的囚禁情境,使之魂縈夢繫,詠歎再三。

搧動文學的羽翼,飛翔吧!這才是女詩人潛在的生命能量。

　　　　　　　　　——一九九八年七月三十日,中國時報開卷版

詩與生活的協奏

——曾美玲《囚禁的陽光》評介

　　近年來，女詩人頗受矚目。讀者、評論家總是希望從女詩人的作品中，看到何謂女性特質。這個問題也許見仁見智，但從曾美玲的作品來看，從生活中取材，尋找生活中的詩情畫意，以及用「詩」的眼光解讀生活，即是其作品的一大特色。

　　《囚禁的陽光》有許多作品都是因時事而寫，例如第四輯「關懷組曲」諸篇顯示了曾美玲對九二一地震、彭婉如命案、學童綁架案、幼鯨擱淺等事件的關懷與感歎，而值得注意的是觀察的角度與展現的情感。當大多數人把焦點放在陳進興與警察的對峙，曾美玲以〈天使〉寫給南非武官的女兒克莉絲汀；當大家打著環保的旗幟，或純粹是好奇與熱情來關懷擱淺幼鯨時，曾美玲在〈安息〉中說：「一夕之間／我們搖身變成／溫柔的母親盡責的父親」，藉由照顧幼鯨來學習愛的功課；而〈破碎的童話〉特別標明「為九二一地震孤兒們而寫」，似此，都讓我們充分感覺那女性特有的溫柔的注視，與廣袤的母性情懷。

　　我們又發現，很多作品都加有副題，說明此話的主旨或題贈對象。這些副題透露了若干訊息，使我們了解曾美玲對於電影、繪畫、舞蹈的欣賞與感動，也看到她對母親、女兒與學生的摯愛。有些作品當然是來自於大眾傳媒的閱聽，但林林總總匯聚起來，逐漸浮現其日常生活的輪廓，使我們

讀詩時沒有「隔」，非常親切，彷彿和曾美玲分享了生活與心靈的喜怒哀樂。這種日常性、親切感，應該也是屬於女性的，因為女性樂於與人分享私密的空間，她所關注的也許不是重量級的「國家大事」，但絕對是與民生息息相關，與周遭親友密切關聯，看似小事，其實更不可忽視。

這是曾美玲的第二本詩集，寫作至此階段，必然會對創作有所堅持與主張；在其後記〈無悔的選擇〉，正表露對詩的熱情與不悔的心志。不過，像第二輯「相對論」在創作形式上的嘗試，則是可以繼續開拓的版圖。此輯各篇皆為四行小詩，而且以兩兩相對的事物名理為題（故云相對論），試圖創造對比之美，傳達人生的警惕。〈生與死〉、〈英雄與美人〉、〈嬰孩與老人〉等，皆足堪玩味。

整體而言，曾美玲的詩表現了真摯的情感，確實給人陽光般的感覺。但是就像許多詩人一樣，在創造多年後，形式與技巧的挑戰是一種誘惑，也是更上層樓的途徑，女詩人加油！

——二〇〇〇年十月，文訊，一八一期

搜尋一顆顆閃熠的星

──吳淑麗《紫茉莉》評介

眾弦俱寂／搜尋一顆顆閃熠的星／凝為詩句，穿成
／串串，懸掛／夢中（吳淑麗〈日記〉）

《紫茉莉》是女詩人吳淑麗的第一本詩集，收錄她多年
來創作的結晶，計一百首之多。從一九八二年四月發表的〈小
溪〉，到二○○○年八月的〈秋思〉等，作品題材豐富，語言
明朗，詩情洋溢，在在展現她鍾情於詩，創作不輟的熱情。

一般而言，女詩人最常被冠以才女之名，作品更被歸諸
「閨秀派」門下。而近年因女性主義的興起，女詩人更成為
詩論的焦點，女性筆下的詩歌世界，也形成多樣化的面貌，
彷彿富麗堂皇的迷宮花園，耐人尋味。從這個角度，我在看
《紫茉莉》時，就特別注意其中女性經驗的呈現，希望獲得
不同流俗的印象。

首先看〈主婦〉這首詩。這首詩以「一切靜止」、「一
切，都靜止了」首尾呼應，寫出家庭主婦的生命基調：靜止、
守候以及困守，以青春彩石和褪色渾圓的石頭對比，透露今
非昔比的惆悵與無奈。由於社會環境、傳統文化的限制，女
性一旦走入婚姻，成為家庭主婦，就很容易喪失自我，產生
這種宿命的感歎。〈主婦〉詩的主題，和這個性別的議題是頗
能呼應的。但這種心理反應與自覺，尚不致造成吳淑麗深陷
其的困擾，因為另一首〈日記〉，就有較溫和雋爽的表現。

　　〈日記〉一詩的開端是：「把丈夫送出家門／抖落妻子外衣／孩子送入學校／鬆口氣／卸下媽媽的重擔」，這讓我們看到女詩人在現實生活中的身分，人妻與人母，而只有在卸下這雙重負擔之後，女詩人才能鬆口氣，為自己泡杯香茶、看書、寫作，然後又以很愉快的心情——「拖把隨音樂縱橫／歌聲中，菜香四溢／巧手裁製／一室繽紛妍麗」，在料理家務中，女詩人也得到一份滿足與喜悅。詩的末段，「眾弦俱寂」等語代表夜深人靜時，女詩人搜索詩句，連綴成篇，鑄成好夢。這一首詩題為「日記」，寫的正是身為家庭主婦與女詩人的雙重唱，沒有激烈的抗辯（例如：為什麼家事如此煩瑣？），反而是調配得當，充分享受這樣的生活。從這裡也可看出吳淑麗對生活與創作的同等重視，兩者兼顧。

　　鍾玲在探討台灣女詩人時，曾以蘇白宇的作品為例，透視詩歌中的的家庭主婦世界（見其《中國的繆司》，頁二九九）。以此為對照，我覺得吳淑麗也表現了她獨特的一面。〈接送〉、〈牽掛〉與〈牆邊的小孩〉等，都是因為接送孩子上下學、擔任校園義工愛心媽媽的經驗而寫，其中深厚的母愛，以及「幼吾幼以及人之幼」的愛心，令人十分感動。

　　這幾首引起我很大共鳴，因為我的孩子正在小學階段，每日的接送情景，感同身受，特別是那些擔任導護工作、講故事等義工媽媽，真的是令人敬佩。環視我們的社會環境，被戲稱「櫻櫻美黛子」（閒著沒事之意）的婦女們，其實正是校園裡的好幫手，她們的熱心參與，使得我們的校園（特別是小學）更安全，溫馨，也達到親師合作的目的。尤其〈牽掛〉一開始就描繪小男孩的形象：「總是貓咪一樣／磨磨蹭蹭／在我身旁，一句句／稚嫩的叫喚：『愛心媽媽！』」，真

是可愛又可憐；而這個頑童小男孩，儘管問題多多，卻是吳淑麗心中捨不得的牽掛。這首詩呈現了吳淑麗的主婦生活，母性、愛心，以及詩人敏銳的觀察。

〈牆邊的小孩〉藉孩子的口吻，點出父母親的忙碌與安親班的疏忽，對孩子造成不小的困擾，也側面烘托孩子心靈上的不安與焦慮，值得為人父母者深思。詩的第二段有言：「肚子咕咕叫／（還憋著尿）／只能靠牆，呆呆張望」，把孩子的天真、無奈表現得十分傳神生動，（還憋著尿）用括號夾註，看起來幽默有趣，卻很真實──做媽媽的最知道，孩子出門，喝水、尿尿，可是兩件大事呢！

除了女性經驗的呈現，《紫茉莉》諸多作品還透露了對人世的冷然態度。那是一種洞悉人性，深知人世無常的敏感，例如〈老爺爺的冬天〉，寫出了老人喪妻之後，生命窮極無聊的景況，「板凳追隨日影遷移／整整一個冬季」這個畫面的確夠淒楚的了！類似的情調，也可從〈徬徨〉中看到。〈擦肩而過〉、〈過客〉、〈有感〉等作品，都藉由人生的偶然因緣，體會出「無常」的道理；〈緣〉詩說「預約一度傾心」，我想也正是由「無常」轉出的「珍惜當下」的心情，這些作品，如同台客指出她的五首描寫「死亡」的詩一樣，都顯示了思想的深度，也超越了「閨閣派」的藩籬。或許，這也是所有創作多年，逐漸步入中年的詩人作家，可以繼續拓展的空間。

──二〇〇一年八月，葡萄園詩刊，一五一期

航向宇宙的最初

——洪淑苓詩作初探　　　　　　　　落　蒂著

一、學經歷與著作

　　洪淑苓，台北市人，一九六二年生，台灣大學中國文學博士，現任台灣大學中文系副教授。曾獲學生文學獎、教育部文藝創作獎、台北文學獎。著有詩集：《合婚》、《預約的幸福》等，散文集：《深情記事》，另有學術論文多種。

　　大學時代曾隨詩人張健教授學詩，並將詩作引薦到《藍星詩刊》發表，頗受重視，作品曾多次入選年度詩選。完成學位後在台大擔任教職，講授現代詩，學生十分歡迎，後來又受聘任擔任《國語日報》的「古今文選」主選人，在詩藝受肯定之外，學術地位也有極大的成就，許多重要的學術會議，她都受邀發表論文。

　　第一本詩集《合婚》只印了兩百本分送親友，集中作品難免稚嫩生澀，但由於有深厚的學養，古詩詞訓練的後盾，加以對現代詩技法、語言了然於心，終於成為學院派詩學兩棲的詩人。

二、詩作的特色

　　張健教授在替《預約的幸福》寫的序文〈不要砍我的相思樹〉，認為讀洪淑苓的詩作〈留海〉，禁不住想起了林泠早期的作品，讀〈結〉又有一點夐虹的味道，而〈絕情書〉

的某些句子，則使人隱隱回味方思的〈夜歌〉，若說是模仿
又不一樣，只能說是種神似，青年詩人寫詩難免受前輩影
響，是否能自創風格成一家之言，那就要看以後的努力了，
張健盛讚洪淑苓的詩「溫婉敦厚之外，能夠醞釀奇思異想，
令人擊掌稱妙。擅長運用『拈、連』筆法，在詩行中用之，
絲毫不覺窒礙，反而相輔相依，相得益彰，有些詩則妙在起
首，然後層層轉進，轉折成末尾的詩句，使全詩呈現了張力
和情感的濃度，又有些詩平實而真摯，做到柔中有剛，能收
能放，假以時日拓寬題材，變化風格，琢磨語言，定能再創
新猷。」這是張健在序文中的重點，讀者可自行閱讀原文，
參照所舉詩例，更能心領神會文中的要義。

　　詩人向明也在一篇〈猶記得彼當時〉的文章中，舉了三
首詩來論斷洪淑苓的詩藝，第一首〈麻雀二題〉，對後現代
的混亂城市，提出了批判，寫來非常犀利，向明認為：「洪
淑苓不以專寫某類詩來規範自己，視角深入每處隙縫，關懷
層面澤被眾生，萬物均可取作意象。」第二首〈四物仔湯〉
係台語詩。「將時地物生動的道出，背後卻將母親的愛心苦
心及望女成鳳的企圖心關懷情作了密實濃烈的呈現，最後終
於讓人體會出，人生的滋味本也是這樣的苦澀甜酸，樣樣都
嚐。詩的場形圓融並具啟示性。」向明認為「這是洪淑苓擅
寫母愛親情的範例。」第三首〈在鹿港寫給女兒〉，向明認
為：「除了場景表現活潑生動，親切感人外，最可貴的是這
一切都在優美的旋律和韻味中順口順心的發生。」不愧是名
家點評，簡單幾筆，洪淑苓詩作的特色，盡在其中矣。最重
要的是向明的結論：「我覺得洪淑苓是蓉子、敻虹之後，另
一會在詩文學上持久發光的女詩人。」

　　詩人朵思也以〈溫柔的母性發聲與人性關懷〉乙文，肯定洪淑苓的詩藝，她先舉〈窗想〉乙首說明「洪淑苓先由物象轉而進入心象的寫作手法，節奏緊密，娓娓道來，令人讀了舒坦動心」。再舉〈舞鞋〉乙首，認為這是洪淑苓最出色的作品：「作者完全基於母性揣摩的描述，假擬、想像、摻入病腳，拼貼出人生悲愁酸楚的心理過程，頗為耐人尋味。」〈舞碼三組〉和〈洗衣程式〉，「皆以現代式本質的語言形式，洋溢出活潑新鮮的撼動旋律。」〈西北雨〉乙首：「則更顯現出飽滿的成熟度，拓展了前所未有的想像力。」至於台語詩，「台灣通俗的生活點滴，皆藉由作者的筆生動展現，也由於作者的回憶，帶領我們回到台灣光復初期的溫馨年代。」然後在〈地震日記〉詩中，「她又把脆脆的玉米片聯想成樓房折斷的聲音，把蘇打餅乾想像成牆壁嘩剝紛飛的碎片，她把地震區的苦難融入自己的生活和內心，而詩人的大愛情操，也喚醒了讀者的惻隱之心。」朵思仍和前述兩位詩人一樣對洪淑苓充滿著期待：「以她對現代詩投入的熱情，想必當會有更燦爛的遠景在等待她。」

三、寫作技巧試論

　　洪淑苓詩作的特色，既如前述有敻虹的少女情懷晶瑩剔透，有鄭愁予的浪漫情懷，（朵思以〈借傘〉乙首的意境佈局，很像愁予詩句的纏綿）有方思的冷靜主知，當然不能不深入探討其寫作技巧。如果說不是模仿（張健語），那應該是浸淫日久，體會自深，內化為自己的學養，轉而寫出屬於自己風格的詩。因此我認為「內化所學」為她最重要寫作技巧。

　　她在自序中一再的表示內心有寫詩的衝動：「年過三十的我，如果要以詩安身立命，便只有寫、寫、寫。」這一點和陳義芝在《遙遠之歌》詩選集附錄的詩觀中所表達的看法不謀而合：「是否算是一位真正的詩人，我認為最大的考驗在：寫詩這件事有沒有化入他的生活，也就是說，不論何時何地碰到何物何事，他是否都想，也都能用詩表達自己的看法。」因此我認為時時以詩為念的對話的虔誠態度更是她重要的寫作技巧，此時所有技巧皆能存乎一心，達到詩法無法，不必技巧的最高境界。

　　以〈留海〉乙首為例，就是把詩法內化為無形的例子。「留海」本是人的頭髮一小撮而已，竟能擴大為航海，這種「大而化之」的藝術手法豈能因一句「你知我要遠行麼」就說是林泠仿作？

　　以〈結〉乙首為例，洪淑苓多麼擅長拆解重組心情，把抽象的心事，化為具象的「心底花飾」、「天空的鵝黃」、「蒼翠的湖綠」等等，在在均能使未知的冥漠，以顏色和形狀示意，那種情的虛幻，水中之月，鏡中之花，以繩結牢牢的把它拴住，又是多麼的不可思議。

　　〈重逢〉乙詩，寫執著的愛戀，「不經意的種子，在心底長眠」，末兩句「真真長眠不醒／不醒千年」，多麼癡情而富於張力。

　　另外，洪淑苓也擅長音樂抒寫，像譜曲一樣的寫詩，每一個字都像音符，讀起來那麼有味，像聽曲子一樣，但又說不出在表達什麼，例如〈龍柏之憶〉乙首，像流水潺潺流過，像雲飄過，似乎是可感的，讀者被牽引著、導航著，一直「航向宇宙的最初」。似乎是不可感不可解，詩的可貴、

迷人，也似乎在那樣的可解與不可解之間。我們深深為她能創造如音樂的詩所折服。

——二〇〇三年七月十七日，台灣時報副刊

（淑芩按：感謝落蒂先生評論並同意轉載本文）

男詩人新版圖

禪意與深情

——周夢蝶《十三朵白菊花》評介

　　周夢蝶是現代詩壇的一則傳奇，多年未出詩集的他，本年七月以《十三朵白菊花》（洪範書店）與《約會》（九歌出版社）同時出版，花開並蒂，可說是佳話一樁。此處就先評介《十三朵白菊花》。

　　《十三朵白菊花》凡四卷四十七首詩，另附錄「歲末懷人六帖代後記」。此集中最顯深情的，當是〈迴音——焚寄沈慧〉。這首詩為十九歲早夭的少女沈慧而作，詩末並附錄沈女遺作，明白呈現一個感人肺腑的愛情故事；周夢蝶的熱心與正義感，亦由此可見。這也使我聯想起周夢蝶早期有〈關著的夜〉一詩，寫聊齋裡早夭少女連瑣的故事，芳華凋零，人與鬼，同樣使人同情憐惜，而這份體貼細膩之情，正是周夢蝶的「詩心」。

　　或者，我們應該說周夢蝶的詩處處「與物有情」，不只早夭的少女，就是七十老嫗，也曾是他關注的對象。〈老婦人與早梅〉從婦人手抱紅梅引發靈感，因為這梅的初綻，因為這婦人的恬靜，於是周夢蝶便有「春色無所不在」、「窈窕中的窈窕／靜寂中的靜寂：／說法呀！是誰，又為誰說法？」的神思飛動。那是對鄰座老婦人近距離的欣賞，卻又超乎世俗的眼光，才能破除色相，直見天地的本心。又如〈除夜衡陽路雨中候車不至〉、〈於桂林街購得大衣一領重五公斤〉二詩中出現的世俗男女，無論老少，周夢蝶無不以有情的目

光去注視他們，透過他的詩筆，使我們深深感受到市井生活中，一種安然自適卻又歷經風霜的生命情調。

作為書名的〈十三朵白菊花〉尤其耐人尋味。據詩前小序云，這十三朵白菊花係自善導寺旁書攤上拾得，因愛其清香，所以攜回瓶供。然而在世俗習慣中，菊花畢竟是素樸且帶著哀傷意味的，因此詩中多處透露著輓辭訣別的味道，如果不是坦然面對生死問題，怎能以此為題而寫呢？事實上，周夢蝶的詩一直都不避諱死亡的設想，因為那正是他想要窮究生命之理的表現。而像本詩第三段：「是否我的遺骸已消散為／塚中的沙石？而游魂／自萬里外，如風之馳電之閃／飄然而來──低回且尋思：花為誰設？這心香／欲晞未晞的宿淚／是掬自何方，默默不欲人知的遠客？」人耶？魂耶？在這叢菊花前，竟有如莊周夢蝶的故事般，死生之間，恍惚迷離。這，也是周夢蝶詩的魅力吧。

周夢蝶詩中經常可見禪意的追尋與體驗。早期〈菩提樹下〉、〈孤峰頂上〉等，都是膾炙人口之作。此集中的〈焚〉與〈積雨的日子〉都以落葉為媒介，刻畫了緣起緣滅，有情與無情之糾葛的體悟。一片落葉飄然相隨，是一次因緣，然而周夢蝶說：「我不喜歡被打擾，被貼近／被焚／那怕是最最溫馨的焚。」，又說：「傷痛得很婉約，很廣漠而深至：／隔著一重更行更遠的山景／曾經被焚過。曾經／我是風／被焚於一片旋轉的霜葉。」（〈焚〉），霜葉紅似火，因此有焚燒的感覺，「曾經被焚」的記憶，可以是愛情，也可以是人世間各種情感，只要曾經投注熱情，都可以這麼說。「我是風」一語更見奇絕，從來都是風吹落葉，怎有風焚於霜葉？這是詩人的奇想，但更點出情字最易沾惹，多情總被

無情惱，詩人所苦思的，正是要超脫這感情的漩渦，求得自由之身。

「血與寂寞：／誰大？」（〈血與寂寞〉）、「誰知？我已來過多少千千萬萬次／踏著自己：纍纍的白骨。」（〈蛻〉）這是周夢蝶對生命拋出的大問題，如同他慣用的雪與火、冷與風的意象，這些看似矛盾的質問，其實都顯示了禪修悟道的過程。在生命無盡的輪迴中，周夢蝶思忖著：「明年髑髏的眼裡，可有／虞美人草再度笑出？／鷥鷥不答：望空擲起一道雪色！」（〈蛻〉）到底誰能為我們解答生之奧秘？恐怕周夢蝶也不能的，他盡在詩中暗示，去尋找那最初的冷，認清雪的身世，向風領取自己前世的腳印（〈好雪！片片不落別處〉）；或者到頭來，發現人生多牽掛，只有化為雨後的蒼蘚，「化為荷莖下輾轉復輾轉的香泥」，才能超越生死之苦，復歸宇宙自然。

—— 二〇〇三年四月，文訊，二一〇期

現代詩
新版圖

從書房到銀河系

——張健《春夏秋冬》評介

　　《春夏秋冬》是張健先生的第二十三本詩集（民國八十五年三月，文史哲出版社），收錄八十四、八十五兩年內的二○五首作品。以短小精煉的小詩居多，這是他近年來詩作的風格，想像奇特，詩意奇詭，在題材上也展現了「無物不可入詩」的信念（見其〈自序〉），可說是現代詩壇的一枝「健筆」（古遠清語，見其〈附錄〉），以下即略窺其詩中世界。

一、以想像穿透星空

　　豐富的想像力，是本書最引人讚歎的地方。作者為台大中文系教授，所學所思，固然體現了學者的精神涵養，但他顯然更著力於對宇宙空間的想像運用，許多意象的觸發，都是來自於大自然的屬物：太陽、月亮、地球、大海與雲朵，在他筆下，都能亦莊亦諧地描摹，賦予生動驚奇的形象，拓展讀者的視野。〈太陽〉、〈月夜〉、〈特大號〉、〈藍色大鋼琴〉、〈泛濫〉等作品，都值得欣賞。而這其中對於銀河系星體的聯想，更充滿了悠悠情思，〈讀畢〉詩：「讀畢一部經典之後／我悄悄抬起我的頭／拂一拂衣袖／揮散了滿天星斗」（頁一八一），〈安眠〉詩：「我走進最遠最高的一顆星／安眠了一個夜晚」（頁二○九）可以想見，在天天的教學研究之後，入夜鬆弛精神，悠遊於浩瀚星空。這種想像與寄託，令人也因之心曠神怡。

〈鈕扣〉詩，尤堪玩味：

我是抽屜裡的一顆鈕扣／請將我輕輕取出／縫在銀
河系的／右上角（頁七四）

詩只有四行，意象與空間場景的變換，卻是瞬間頃刻，
令人目不暇給，一粒閒置在抽屜內的鈕扣（原因不明，更耐
人尋味），搖身一變為眩目的明星；原本可能蒙塵生銹，而
今卻散發熠熠光輝；原本不見天日，而今卻居高臨下，俯看
人間，這種等待、執著，或許正是入夜一再仰望、想像星空
的原因。

二、銀河系的行吟詩人

本書作品在自我形象的塑造上，有多方面的投射，類似
「我是」的暗喻句子很多，也一一反映出作者的自我。但總
括而言，作者時常展現他的書生懷抱，把自己看成和孔孟荀
老莊一樣的檔案（〈檔案〉），也有杜甫「安得廣廈千萬間，
大庇天下寒士俱歡顏」的理想（〈大廈・石頭〉），同時也
有歷史的失落感與寂寞感（〈選擇〉、〈覓〉）。而〈自白〉
詩以螞蟻和水仙來譬喻，更明白表示，在現實生活中，自己
也和一般人一樣，如螻蟻之苟活，但他更有自己的堅持，因
此能夠超脫，成為高潔的水仙。

不過，這都是比較傳統式的抒發和寄託，有的作品散
發的是跨越時空的雄心壯志，特別是面對世紀末的衰頹，入
夜更有如火山爆發的熱情，要做跨世紀的使者。〈困〉詩藉
小我之困喻全人類的困境，但其希望所在，則指向未來的新

世紀；〈二十一世紀〉詩更表明了這種企圖，在跨越世紀之際，他將用他的熱情來引爆新世紀的開端；〈特使〉詩較溫和，但他自命為世紀末登上火星，「唯一的宇宙常任特使」（頁六四）。類似這些作品，相當具有時代感，同時也讓讀者感受到那開闊的想像氣勢。

在現實的世界裡，作者有清高的人格理想；在想像的世界裡，用作者自己的詩來講，他是一個詩人，但他更要做一個銀河系的行吟詩人，如〈移居〉詩：「我單槍匹馬／移居太陽國／在酷熱之中，行吟／地球的史詩」（頁六二）這真是一幅最佳的自畫像。

三、和死神擦身而過

張健先生不僅想像靈妙，他對人生的洞察，更有慧黠聰敏的體會，〈二重奏〉、〈時間〉、〈人生〉等作品，就表露了獨到而雋永的主題與意境。〈死亡〉詩尤應一提：

> 我看到一位窈窕的黑衣女郎／在每個街角等我／我不顧一切／慷慨激昂地擁抱她／然後不發一語／轉身離去（頁一八二）

是什麼樣的人可能如此倨傲地面對死神？這首詩前段點出死亡逼迫的緊張氣氛，後段卻有反高潮的效果，不是「我」死於死神下，而是「我」棄死神而去！據所知，作者曾經發現癌症而手術康復，這應是他的切身經驗，但也令人讀之而鼓舞，原來人可能活得如此理直氣壯！

《春夏秋冬》這本詩集，還寫到了愛情、社會、政治，

乃至拔牙等平凡瑣事，但善用想像力，則一切事物都有了新
意，張健先生的妙筆，為我們描繪了神奇瑰麗的四季。

　　　　　　　　　——一九九六年九月，文訊，一三一期

愛欲的救贖

——杜國清《愛染五夢》評介

　　情詩（愛情詩）之所以吸引人，因為它表現了人類原始的愛欲，也呈現聖潔的情操。人們渴求愛情，因此展露旺盛的生命力，為之赴湯蹈火，在所不辭。但人們往往也同時發現，愛情如此善變，難以捉摸，有時更須面臨世俗的道德規範——如此而言，愛的追尋，竟等同於幻滅的追尋，怎不令人悵惘呢？

　　《愛染五夢》這本詩集的基調便是如此。在編排上，它把愛情分為六部曲：驚豔、靈犀、相陪、愛染、夢別與憶影，然而在每一階段的作品中，我們都可以感受到那追求的熱情與惶恐，此中的愛情，似乎並不因為是開始階段，就表現出天真無畏的姿態，也不因為是結束以後的追憶，就表現冷漠寡情或懊悔怨嗟的心聲——換言之，詩人在寫詩的當時，或是追求愛情的起始，早已洞見愛情的本質是幻滅，但仍勇敢熱烈地迎了上去，只願與之永生糾纏，並且藉著詩的藝術，為愛情留下永恆的見證。

　　在創作藝術上，擅於汲取古典的精華，為本詩集的一大特色。舉凡中國古典詩詞、西洋神話故事、佛教經義等，都能加以引用、延伸，並且蛻變而創新。例如〈誘惑〉，借用賽壬女妖故事，但「我」並不畏懼女妖迷人的歌聲會導致迷航與死亡，反而樂意接受命定的遭遇：「不是觸礁　就是沉淪／只因我喜歡　你的聲音」充分表現「我」對愛情的熱烈

追求，至死不渝。又如〈懺〉，詩前引佛經語：「我昔所造諸惡業／一切我今皆懺悔」，據此，這應是懺情悔悟之作，然而在以下的詩句中，雖然自省到愛情的貪、嗔、痴，雖也冀望緣痴的愛如煉獄，可以淨化靈魂，但直到倒數的兩段，卻更透露「無悔的堅貞」，更強烈渴望此生與你共看美好的夕陽……這首「懺悔」的情詩，著實顯現佛家云「眾生顛倒」的世間相，但卻是痴情者最真誠的心聲。

在引用中國古典詩詞方面，本詩集中最常見者是引用李商隱的詩句與意境。〈彩鳳〉、〈春蠶〉、〈昨夜〉、〈夜吟〉、〈哀歌〉等等，均在題目之後，引李詩一句，宛如詩序的作用，據此以發揮。例如〈夜吟〉，序引用「夜吟應覺月光寒」一句，以下便就詩的吟哦，與月光的清寒作描述。然而以「燃起的火焰」喻我的詩，以「淬滅於現實的冰雪」喻詩與真情遭毀棄遺忘，就擴張了李商隱原詩句的意涵，火焰與冰雪的對比，更呈現新的語言意象。

其實不只是詩句的徵引，整本《愛染五夢》的風格，都令人感覺和晚唐唯美詩風十分接近，特別是李商隱──「春蠶到死絲方盡，蠟炬成灰淚始乾」；「此情可待成追憶，只是當時已惘然」，這些名句，字面上的華美與內在情意的糾結，恰恰形成其唯美與淒迷的意境，令人賞玩不已。在《愛染五夢》中，也不難發現這樣美麗輕巧的句子：「幸福就像一條清淺的天河／繁星，是她走過時濺出的語言」（〈蝶戀花〉）；或是用情深重，以致令人怵目驚心的句子：「肉身早已霪情腐化／凡骨　亦已欲燃而灰」（〈愛染的血〉）；或是這樣的比喻與呼喊：「我的心　多情的自鳴鐘／時時發出尋美行吟的哀音／但願與你　再續前生／未盡的夢緣」

（〈夢別〉），比之李商隱的痴情隱忍，一點也不遜色。詩人杜國清，豈今之李商隱乎？

　　書名題為愛染五夢，愛染取意佛家謂愛欲感染人之本性，有礙修行。因此，情與慾的糾纏、對照，便成為本詩集的主題所在。換言之，詩集中所建構的愛情，不只是空靈的，更觸及有血有肉的慾望掙扎。這種掙扎，也許同為根源於痴男怨女的背德之戀，愈顯得糾結痛苦，但畢竟是人間的哀吟，真誠而動聽。如同〈春蠶〉詩云：那一對赤裸的蛹，在築愛的繭中交抱永恆，期待的正是明日破繭而出，飛向天涯，繼續前生未盡的情話與情緣。《愛染五夢》這本情詩集，正是用詩的藝術來淨化愛欲的痛苦，或許在詩的語言下，不被祝福的愛情才真正得到救贖。

──一九九九年十月，文訊，一六八期

航海與詩的宿命

──汪啟疆《人魚海岸》評介

　　在現代詩作品裡，海的神祕浪漫，幾乎被鄭愁予寫盡了。〈水手刀〉、〈如霧起時〉，愛詩者莫不朗朗上口。然而，海的多變，蓄積深厚的內涵，甚至與災難的聯結，卻也因此被忽略，欠缺詩意的表達。所幸，閱讀汪啟疆的《人魚海岸》，使我們得到若干不同的海的印象。

　　海與女性，這是常見的意象組合。但《人魚海岸》對女性的觀照，就有著相當寬厚的體恤與深刻的自省，不只是愛戀、歌詠的表象而已，〈說謊的男子〉、〈晨安吾愛〉，表現了航海丈夫對家中妻子的深情與疼惜，同時對自己長年羈留軍旅的生活，有著無言的尷尬與歉意。這裡，妻子不再是「望夫石」的刻板形象，丈夫也不是「秋胡戲妻」的輕佻；妻子可以平靜地吐露心中怨言，而丈夫則自覺被遺忘在妻子的夢外，並且不敢打擾驚醒，直到妻子自己醒來。這種情懷，和水手的浪漫瀟灑，畢竟不同，令人更感溫暖。而在其他作品，也可看到當海上偵防時，對妻子與母親的掛念，並且推己及人，了解這是普天下有情人的共同感觸。甚至，無言愧對殉職的同仁妻眷，為海難者哀悼，體悟「生離死別，是不堪長久負荷……，我們仍被壓在海的床墊子底下，窒息著。」這些情愫的刻繪，使我們看到因海洋而生的愛與痛苦；若必以海洋詩的類型品評，這必然是不可或缺的內在動力。

　　《人魚海岸》有相當多的作品記述了海上巡防生活，特

別是航海軍官內心的世界。這幽閉的心靈，多以貓、風濤、
魚等意象呈現，有的是愛慾的搓揉，有的是意志的昂揚，有
的則是生死的挑釁——而這些多采多姿的意象，最後都將指向
航海人與詩人身分的結合，壓卷的〈人魚〉詩可作為印證。
這本就是詩人的宿命，也是航海人的宿命：唯有把詩（航海）
與生活、生命結合，才能鑄造詩（航海）的鋼骨魂魄。

　　　　　　　　——二○○○年二月十七日，中國時報開
卷版

情詩萬歲

——簡捷《愛情草》評介

　　簡捷，本名簡清淵，一九五六年生於屏東。從事美術設計，寫詩多年，在一九九七年獲時報、聯合報文學獎之後，終於出版《愛情草》詩集。這本詩集在質與量上，都相當令人注目。

　　取「愛情草」為書名，可略見作者之偏好及本書之宗旨。共分五卷，收錄七十三首詩，幾乎都是以「愛情」為處理對象，悲多於喜，迷惘多於展望，但反覆吟哦的，正是愛情生生不滅的魔力。無論時下情詩多麼泛濫，言情小說多麼通俗，像這本詩集這麼集中的描述愛情，畢竟不多見。我們彷彿可以聽到有個聲音在吶喊：愛情至上，情詩萬歲！

　　也許不必去窺探作者的感情生活，《愛情草》各詩篇所提供的愛情想像，確實有著迷人的氣氛。首先，從題目上便已透露這種意圖：月戀、初雪、雨別、焚蝶，這幾首詩在題目上就屬於「風花雪月」的修辭，美麗而且極易引人入勝。又如：循著美麗的軌跡、用淚煮一壺茶、花落有韻、衣之輓歌、湛藍的深處等題目，也都是呈現陰柔之美，可以預期一首如怨如慕、如泣如訴的情詩作品。

　　其次，在意象的運用上，也屢見巧思。例如描寫相思之苦：「把你的笑語摺疊成扉頁輕輕地用想念的迴紋別起」（〈循著美麗的軌跡〉），扉頁與迴紋針，是相當有創意的組合，以尋常可見的文具，承載微微的傷感。又如描寫失戀

之苦，〈羽殤〉處處以鳥翼和受傷的心靈並比，開端幾句：「何時才能停止旋轉？（這個世界已經暈眩了嗎）你用眼睛命令我跳舞時，我快樂迸裂如花蕾」已頗能透顯愛情中的甜蜜與痛苦，「你用眼睛命令我」句，最能指出當心靈被牽引時，那種隨之起伏，方生方死的感受。

　　然而構成其撲朔迷離的氣氛的，卻是長句與長篇。嚴格說來，作者慣用的句子，每行大多在十一、二字上下，不算太長，但因為喜用跨行句，或行行之中容納三四個子句，便形成了舒緩的文氣與節奏，〈呼喚〉、〈火光〉、〈雨中的眼睛〉等，皆可找到印證，在組織結構上，很多作品都是至少三、四段，合計二十行以上的篇幅，而且各段的行數也大體相同。這點出一個奧祕：作者的創作觀是傾向於古典主義的，試圖以典正莊重的結構，形成雅麗的風格。因此，當我們閱讀這些情詩時，所感受到的，是那份含蓄委婉，溫柔敦厚的情感。其綿密的文字，平穩的節奏，的確頗能帶領讀者進入一個沈靜的世界，隨之徘徊踱步，沈思詠歎。這和一些狂野激蕩、熱情澎湃的情詩，是很不一樣的。

　　當然，《愛情草》所欲建構的感情世界與人生境界，絕不僅止於愛情一事而已。時間、命運、人生，乃至於寫作，都是作者想要透過「愛情」的題材去探索琢磨的。特別是寫作，從其自序看來，寫作情詩與眷戀愛情似乎是二者合而為一，當作者為愛情詠歎，其實也正是和「寫作」這件事肉搏死戰。作者說：「無奈寫詩的樹欲靜而風不止，詩人可憐，寫詩不輟，其實他是身不由己！」這層微妙的關係，其實和愛情之於人，是十分近似的，人受到愛情的蠱惑，也是身不由己的啊！

是故，我仍然喜歡把《愛情草》視為一本情詩集，雖然它是那麼的「沈重」，與席慕蓉的青春美麗的情詩那麼的不同。

—— 一九九八年十一月，文訊，一五七期

詩的鈕扣，情的瘡痂

──陳義芝《青衫》評介

　　翻開詩集第一頁，〈蒹葭〉一首便在溽溽的秋水中奏響，古典溫婉的情懷、詩人敏慧卓越的才思織就了這一襲往來天地的「青衫」。

　　詩人在後記裏自言與古典詩結緣，最遲的是「驚才風逸、壯志煙高」的楚辭，而楚辭「取鎔經典，自鑄偉詞」（註一）的技巧，在《青衫》集裏則蔚然成章。如〈蒹葭〉，不但取材自詩經，用典也多──「玉臂已覺清寒的時節」用杜詩典（註二），「在多情的鄭風，秦風中／直到晚唐五代宋」以多情為主脈，擷取詩經鄭風、秦風、晚唐五代間詞及宋詞的風流蘊藉，將抒情的傳統融入字句中，「剪燭的燈下或騎驢的背上」則用李義山（註三）及李長吉（註四）為喻，二者皆是深於用情用心；用典雖多卻不因此顯得冷僻枯燥，「總是疼惜著伊人／疼惜今生未了的情緣……恍惚的身影卻成了夢裏的蓮花／那比七世更早以前／就注定要使人痛苦的人啊」詩人在古老遙遠的國度裏，仍然吟唱出自己的心聲，這便為用典的形式注入新的生命力，至於末段以「為夜空繫上一顆顆／晦澀的星結」喻垂淚，隨手「截撈」泠泠的弦音，構造新的意象以及類似「詩眼」的新詞，且將聽覺巧妙地轉換為觸覺；這些在在都顯現出詩人獨特的匠心。

　　這種自古典而入，自古典而出，卻又蘊含個人的風格，就像詩人所言「以古典的現代詠歎最最赤裸的白話」，「溫

柔敦厚」是其內涵，「新穎高華」是其外衣。如〈花季〉一首，始則是私我情懷，「當火舌舞成比目的箭矢／你我遂將眸中底驚喜／指向最初」、「雲朵縹緲在平林之上，也只為佇候一個初識的妳」，看來是純粹個人的詠歎了，而「從此星子如郵票／在無數盼望裏／舞成鵲橋兩岸的繽紛」將一股幽怨之情推置於亙古的傳說中，七夕鵲橋，永恆的情愛象徵，是怨？是盼呢？星子──郵票──繽紛，卻為這典故著上現代情趣的色彩，又回到詩人自我的紆結中了。

〈蒹葭〉和〈花季〉兩首，頗能作為此類作品的代表。又如〈荷箋〉，「魚戲的江南似童年」，「魚戲江南」是常景，「似童年」便是巧思了。第三段從「聽雨的唐代」，轉到「中年聽雨客舟中」的宋詞（註五），不純是套用，復加上新意「畫亭簷滴墜落有序／一聲聲淒美之絕句」。末段「三分意遲／二枝細瘦的娉婷／一朵含恨飄零」，東坡詞曾有「春色三分，二分塵土，一分流水」（註六），造語新奇；而詩人以「三分」、「二枝」、「一朵」來替換荷花的意態，「意遲」、「細瘦的娉婷」、「含恨飄零」的句法各異，更可說是「意翻新而語亦奇」。這類作品大多是在整體上就給人古典新味的感受，〈暖玉〉、〈陽關〉、〈思舊賦〉、〈偶興〉等……均是。

單獨的字句中，有些也表露出一個出身國文系的詩人特色：「玉衾剝落，蟬褪魚躍／誘餌漸沈的褥」（〈泡沫〉）、「春心含恨吐字」（〈阡陌〉）、「人面叫賣／桃花」（〈焚寄一九四九〉）等，用字簡潔，或暗用典。又如〈蓮〉一首中的「憐」字，蓮、憐同音字的運用，六朝以來已見；又如〈悲夫〉一首中的〈芙蓉〉，影射「夫容」亦屬此。在音韻

上，「頻頻也回頭」（〈懷司徒門〉）、「緣何寒霜早降／夏去矣」（〈殘篇〉），「也」、「矣」的運用，摻入虛字，益見嗟嘆的效果。

此外，善用長句及起興的問句，也是值得一提的特色。前者如〈夢境〉之「天邊三兩行垂滅的星那樣古老的夢境」、〈阡陌〉之「悠悠一口相思絕望的井啊」、〈詩賦別〉之「如更漏竟掙脫我奮力燃燈的懷抱」、〈蠱生〉之「山路披草斫木刺痛了蔥蘢一般」、〈走出的山林〉之「驀見七隻麋鹿溫熱的血噬亮一柄銅刀」、〈重探〉之「穿越低沈的節奏中那些生活的光影與幻象」……等，長句自有其特殊的節奏，予人淋漓痛快或沈沉低迴之感；這不由得令人再想到詩集中幾首短詩，〈蓮〉、〈戀〉、〈思〉、〈離〉……等，小品玲瓏，餘味無窮；而長句佳構，亦不失為詩人鉅力之作。後者起興式的問句，有的是篇首的神來之句，充分表現了作者豐富的想像力，有「文之思也，其神遠矣」（註七）的巧妙，如「柳樹生新／是再還俗的青絲嗎？」（〈殘篇〉）春來新綠，是再生的喜悅，而詩人將之比擬「還俗」，殊是別裁，而且與題目「殘篇」所暗示的不可能圓滿的情分對比，暗藏心酸與悲涼；如「圍欄知覺否？青松拔地崢然七丈七」（〈高寒〉）寫祝山望日，由眼前的欄柵寫起，再跳到拔地七丈七的青松，「圍欄驕傲嗎？雕刀狠命一劃／天驚漢界，石破為楚河」倚欄待日，目空萬里，而突有此問，一方面模造聲勢，一方面也反襯自身的驚疑，「誰像圍欄站立高處／久耐滄桑折磨？」這問話看似寫欄柵的滄桑，其實是在說詩人的感懷：「我極目遠眺，深山幽林／夜夜燃燈的那個地方」，詩題為望日，而實寫燈火的召喚，遊子思歸之情。

這三處問句，筆者以為第一句最佳，第二、三句是不是一定必要呢？另外像有些作品中的詰問，如〈春喚〉之「路邊的山花都睡著了／為什麼沒有人喊她」、〈雪滿前川〉之「誰來理／那縷細細幽幽的情？」前者是想像的趣味，後者是含蓄的情味，而像〈思君如滿月〉一首，第二段以三個問號分節，固然有其特色，但是否過於直率，除了修辭上的經營，未見情思的涵泳？詩集中用問句的形式不少，如果詩人欲以此見長，實在還可以更精煉一些。

《青衫》詩集的編輯，似從內容上分別，第一輯「蒹葭」，以少年的戀情為主；第二輯「沈疴」寫一個編輯人、詩人的襟抱，〈夜市行走〉一首有著嚴厲的自我批判，〈果盤〉一首，充滿了意趣，而末段「在高溫多濕的園林裏／饗宴已次第排開／等你來／咀嚼生命的悲，喜，愛」一出，便知「果盤」及各種水果，其實有非凡的寓意；第三輯「竹節」，內容稍雜，〈蠶生〉一首，以蠶喻己，啃嚙母親的青春，復思如蛾破繭，體會母親生產時的痛苦，真情顯見。「重探」輯四，頗有佳作，〈出走的山林〉及〈山神祭舞四首〉特別值得一提，五首詩寫排灣族的祭典，無論是意象的選用、詞句的構造，都頗能展現原始的情調與神秘的氛圍；六、七行的短詩，結構緊密，彷彿一列刻鏤山野傳奇的圖騰柱，羅列其詩林。「春喚」輯五，又重現了詩人抒情的才華，〈春喚〉、〈春醒〉二首，活潑生動，對春天這令人遐思的季節有新的詮諦；〈母親的臂彎〉、〈釋母愛〉二首，也是溫馨之作。末卷「海上之傷」，係長詩一首，寫一九七八年越南海上難民潮，有前面用典、問句等的技巧，及詩人敏銳的才思運鑿其中，為時代作一見證。

　　大抵詩集中，抒情的作品都有「情深而不詭」（註八）的特色，理性批判的作品，也是「義直而不迴」（註九），但筆者以為應可更「用力」一些，寫情要真、有味；說理則不妨透闢、犀利，以見指撝。

　　當一卷新詩集刊行，詩的讀者總是拭目以觀，虔敬地接受這一份獻禮。筆者很高興能粗理《青衫》的經緯紋路，鑑賞織工的精美，並大膽地指出其中的微瑕，不知是否能辨識〈塵衣〉中「詩的鈕扣，情的瘡痂」，而筆者願真誠地說：

　　《青衫》詩集，在內涵上的確已將「情的瘡痂」化為「溫柔敦厚」的情致，在技巧上也盤結出一粒「詩的鈕扣」，開啟寬闊的詩的天地。

── 一九八六年六月‧文訊，十八期

附　註

註一：　文心雕龍辨騷篇。

註二：　杜甫〈鄜州望月〉詩：「香霧雲鬟濕，清輝玉臂寒。」

註三：　李義山有〈夜雨寄北〉詩云：「何當共翦西窗燭，卻話巴山夜雨時」，「剪燭的燈下」應是用此典。

註四：　新唐書李賀（長吉）傳謂長吉「每旦日出，騎弱馬，從小奚奴，背古錦囊。遇所得，書投囊中」長吉詩歌，奇詭穠豔；騎驢及錦囊佳句，屢為後人徵為典實。

註五：　蔣捷詞〈虞美人〉：「少年聽雨歌樓上，紅燭昏羅帳。壯年聽雨客舟中，江闊雲低，斷雁叫西風。而今聽雨僧廬下，鬢已星星也。悲歡離合總無情，一任階前點滴到天明。」又，本文見刊後，承蒙義芝先生指正：此〈虞美人〉之說，不若李商隱「留得枯荷聽雨聲」切中原意，謹誌於此。

註六：　東坡詞〈水龍吟──次韻章質夫楊花詞〉。

註七： 文心雕龍神思篇。
註八： 文心雕龍宗經篇。
註九： 同註八。

詩的騷動與不安

——陳義芝《不安的居住》評介

　　向來，陳義芝被歸類為古典派的現代詩人，但我們也發現，他並不以此自足，經常表露突破自我的決心。而這本《不安的居住》，的確讓我們看到一張漂亮的成績單。

　　全書凡六十二首詩，別為四卷。最醒目的，莫過於卷四「身體櫥窗」。這些作品看似和時下流行的身體、情欲、情色等議題相呼應，但卻能寫到「俚俗而不媚俗」的境地。俚俗指的是他用詞淺白，語似諧謔，但又故作莊重之態，充分操弄了語言文字的魅力。不媚俗指的是，他仍多方譬喻聯想，而不是直接、大膽的白描與暴露，有所為有所不為，令人讚賞。同時，透過這類作品，也可探索他對女性、女體以及性別問題的觀察與意念。〈自畫像〉、〈自體說〉、〈肉體符號七帖〉等多首作品，可作代表。其中想像之馳騁，潛意識之深入，都展現了創作的功力。

　　卷二「愛情地圖」，更突破陳義芝以往的情詩風格。儘管這些作品潛藏了對女性（女體）深沈的欲想，但藉由各種感官意象的舖陳，使作品更具有「活色生香」的臨場感，也可說是一種迷人的風情。我們不禁要問：是真？是假？也許是一段虛構的羅曼史，卻「千真萬確」的體味了愛的狂野和歡愉。這一點，已非傳統、古典、溫柔敦厚之類的語詞可以指稱。〈住在衣服裡的女人〉、〈觀音〉、〈冬夜〉、〈太白前身〉等詩，值得天下有情人共賞。

　　然而這並不代表現今陳義芝的全部，或唯一的轉變。從卷一「家族相簿」與卷三「生命劇場」諸篇看來，步入中年的陳義芝，展現了更為成熟老練的人生觀以及筆法。在自我的形塑上，其對人文精神的堅持，仍無鬆懈；但無可避免的是些許的傷感：〈鯨〉、〈在時間中旅行〉、〈神鳥〉等詩，都透露了蒼涼的意味，令人為之低迴。而其所描寫的花蓮老家，以及家族中的人物與歷史，也都帶著類似這樣的筆調。這些鄉土詩，不純粹是歌頌土地與人情，相反的，卻顯現：美好的過去總有一些罅隙，連時間也無法彌補──這便超越了鄉土詩的侷限，而能擴及人物與生活的交織，真正觸及生命的深度。

　　世紀末的台灣，有各種「不安」。但這本《不安的居住》卻使我們看到，靈魂深處的騷動與不安；也促使我們和詩人一起，重新面對自己。

　　　　　　　　　──一九九八年三月十二日，中國時報開
　　　　　　　　　卷版

疼惜咱的囝子

——蘇紹連《台灣鄉鎮小孩》評介

在我年少的剪貼簿裡，有一篇蘇紹連的長詩〈童話遊行〉。當時雖然沒有完全看懂，但直覺喜歡那童話的氛圍與現實的變奏。一直到今天，蘇紹連的詩都給我這樣的感覺，尤其新作《台灣鄉鎮小孩》，讀來更是驚喜連連，饒富意味。

《台灣鄉鎮小孩》凡五輯五十一首詩，以兒童為描寫主體，有現實的關懷，也有個人哲思的呈現。從第一首詩〈營火會〉裡，我們就可看到作者願意捨身自燃，成為營火晚會中那熊熊燃燒的篝火，為兒童帶來光明、溫暖與歡樂。這份心意是高貴的，可敬的，同時也是貫串全書的主調。詩中劃火柴的意象，也使我們聯想安徒生童話〈賣火柴的女孩〉，只不過更擴張火柴的效用，不只為自己營造美好的天堂，更為所有的兒童驅走黑暗，帶來光和熱。蘇紹連對童話的運用與變化，由此可見一斑。

本書第四輯「台灣鄉鎮小孩」，無疑是最醒目的一束作品。這些彷彿若有其人的「林宇彥」、「紀南裕」……正是生活在你我身邊的「台灣之子」呀！然而這些兒童的抽樣，讀起來卻頗令人心酸。例如：

> 小孩一個人走著，像面對寫不完的作業
> 他拼命的逃避，在螢幕上奔跑
> 腳步聲又來了，小孩回頭一瞧
> 果然是忍者，卻是老師的面孔

　　這裡寫的是一個叫「紀南裕」的小孩，家中經營電動玩具店，常藉口不上學，功課差。詩中的小孩是孤獨的，恐懼的，「他拼命的逃避，在螢幕上奔跑」，也在現實生活裡奔跑，害怕被學校的老師追查。詩的最後一句，顯示了情境的逆轉與衝突，把螢幕上的遊戲和現實中的經驗合而為一，融合得可說天衣無縫，非常巧妙。透過這首詩的張力與戲劇性，使我們在驚歎之餘，也願進一步探索背後的成因：這首詩所隱藏的問題，我們這些「大人」一看，便知道關鍵不在小孩，而是他不負責任的父母，和這個日益敗壞的社會。類似這些「意在言外」的反思，應是蘇紹連想要提示我們的，一同關愛兒童，疼惜咱的囡仔，給他們一個美好健康的世界。

　　抽離寫實意義來看，蘇紹連筆下的「兒童」主題，其實就是對自己童年的重塑，也是和自己心中那個「永遠的小孩」對話。這樣的探索，在他前一本散文詩集《隱形或者變形》已是明顯可見，只不過在散文詩中表現得比較晦澀、跳脫，在這本《台灣鄉鎮小孩》表現得比較明朗、順暢。例如〈一個彩球的完成〉、〈旋轉木馬〉、〈遙控器〉與〈電風扇〉等詩，這幾首詩中，小孩的純真與歡樂，和成人「我」的灰暗與沉重，都有精采的比喻與對比。〈口袋〉、〈兒童旅行車〉二詩更是妙絕，為了兒童，「我」可以變成一隻袋鼠，當災難來了，兒童都可以躲在「我」身上的口袋裡。或者，「我」也願成為兒童巴士的司機，載兒童穿越時空，穿越歷史文明與自然宇宙，引領他們走向二十一世紀。這些充滿愛心的情思，相信不只是一時的「詩想」，而是蘇紹連自己走過童年之後，重新建構的童年天堂。

　　若論為兒童寫作，安徒生與楊喚當然是典型作家。蘇

紹連在本書中也指明這兩位，作為建構美麗的兒童世界的標竿。本書的壓卷之作〈世界應該是這樣的〉，即揭示這樣的主題。從童話形式與內涵而言，蘇紹連確實有安徒生與楊喚的風格與精神。但若仔細分辨，蘇紹連的詩還多了幾分自我辯證與解構的企圖。〈廣告裡的孩子〉、〈日記裡的孩子〉更檢視了自己以「小孩」為書寫對象的意義，辯證創作者與創作欲望的關係；如同詩的最後一段：「我想，如此廣告後／我的詩集一定會暢銷／但是，我的心是難過的／廣告裡的小孩承擔了慾望／他的眼神把我弄昏啊／他的演出使我瘋狂啊」

　　從這透徹的自覺看來，蘇紹連不只是楊喚而已，他還有更廣闊的書寫空間。

　　　　　　　　　　　　——二○○二年一月，文訊，一九五期

現代詩
新版圖

生命的紀念底片

──王潤華《熱帶雨林與殖民地》評介

　　詩人王潤華在一九九九年出版了兩本詩集：《地球村神話》、《熱帶雨林與殖民地》，這裡先談談《熱》集。

　　王潤華原籍廣東，生長於馬來西亞，曾來台就讀大學，後赴美攻取博士學位，今則入籍新加坡，並執教於新加坡國立大學中文系。這樣的個人歷史，我們很容易套用華人移民社會的既有印象，但在進入後現代社會的今天，這位知名的華文作家，怎樣看待自己的生長歷程呢？

　　這個疑問，不只是讀者的疑問，也是王潤華自己不斷在思索的問題。在《熱》的序裡他說了：

　　　這麼多年來，沒有作家嘗試去寫，而我終於寫了，
　　　我總算替我的生命找到一些紀念的底片，雖然都是
　　　一些陰暗模糊的影子，也使我心裡感到踏實一些，
　　　尤其當回憶在馬來西亞的日子時。

　　是的，這本詩集是這些底片的顯影，使我們看到少年王潤華在移民史與被殖民史（馬來西亞曾被日人佔領，英人統治）中的孤獨、苦悶的臉孔。

　　《熱》凡六卷五三首詩，內容包括對熱帶雨林特殊景物的描述、被英軍集中監管的「新村」歲月、英軍將領與馬來西亞共軍的爭戰，及其人物與事件的刻繪等，可說是以個

人的成長記憶，紀錄二次大戰期間及戰後若干年的馬來西亞歷史。這個角度，和後現代的歷史觀、殖民經驗，是頗為吻合的。而每篇詩作之後的自注，使我們更了解一九四八年以後，英國政府對新馬居民的緊急戒嚴法規，其中隱藏著相當的不合情理、干涉自由的集中營式的措施。這些親身經歷、耳聞目睹，透過詩的詠歎諷刺，以及自注文的補充說明，每每交織為一篇篇動人的庶民史詩。沒有這些，大歷史或將（刻意）遺漏這段血淚的記載。

就詩的本身而言，像〈野芋：伸出綠色大手掌捕捉燦爛的陽光〉、〈豬籠草：把美麗的陷阱懸掛在天空〉等，對熱帶植物的描寫，凸顯其鮮豔、肥碩、詭異的特色，在在令人印象深刻，提供觀光獵奇的閱讀趣味。但不容忽視的是，這些景物與當地社會生活的系聯與背後的喻義。例如指出過溝菜（蕨菜）曾被迫見證許多屠殺的秘密（〈過溝菜〉）；描繪英國軍官萊佛士發現的一種豬籠草，其實也就是在寫英軍叢林苦戰的一頁（〈萊佛士與熱帶雨林〉）；劈劈啪啪落下的橡實，則帶給青少年玩樂趣味，也引起對砲聲隆隆的恐懼聯想（〈橡實〉），類此，都超過了純粹詠物的意圖，而達到物與人雙寫的效果。

南洋盛產的椰子，當然也在其歌詠的範圍內。〈椰子〉一詩尤能顯現椰子與華人移民的相似：「在雷電交加的暴雨中／椰樹想起輪迴或者移民」「椰子不依靠風／也不求人帶它走」「只要是熱帶的海岸／亞洲、非、澳洲、南美／椰子便偷偷登陸／它的第一片綠葉／就像插在沙灘上的旗子／宣布它不再流浪」和早期移民「落葉歸根」的觀念比較，也許落地生根、不再流浪，更符合新世紀的潮流，也將使中華民

族的文化開枝散葉、發揚光大。

　　若論及當時生活的苦難與心靈的困頓，〈新村印象〉、〈我的亞答屋小學〉與〈十二歲的雨樹〉、〈白區〉等作品，可作代表。前二篇皆以小學生的眼光，透露被監控的痛苦與哀歎：在集中營式的新村，唯有牽牛花、胡姬花和月光可以自由攀爬，不受界限，牛羊在天黑以前不必緊緊張張趕回牢圈；因為這裡下午六點以後即實施宵禁封鎖，人反而不如草木牲畜自由！後二篇則是以個人年滿十二歲才獲得身分證，可以有某些活動自由，以及居住地被宣布為白區，取消戒嚴令之後的生活素描，委婉道出身受殖民統治的悲辛。這苦難的折磨與記憶，相信不僅是個人所有，亦應是同輩人共有的時代悲情。

　　王潤華曾發表一系列「象外象」的圖象詩，以「說文解字」的方式為許多中國文字（如河、東、女等）寫詩、創發新意。這些詩給人感覺是很「中國」的。而從其創作、研究、教學的歷程與成果看，王潤華的靈魂也是用中國文學文化打造而成的。這本《熱》集，雖然不以「中國」為標的，反而呈現對後殖民文化的探索，但我們仍從其字裡行間，讀到對生命真誠的反省，對世界、歷史的多元觀照——這些正是詩人的根本使命，也是詩的高貴質的，無可取代。

　　　　　　　　　—— 一九九九年十二月，文訊，一七〇期

詩的純度深度與廣度

──向明《向明‧世紀詩選》評介

　　向明這本《向明‧世紀詩選》涵蓋了他六本詩集的作品，從最初的《雨天書》到等待出版的《陽光顆粒》，一共編選六卷，六十五首詩作為代表，可看出他的寫作脈絡，以及對詩的堅持精神。

　　卷一的《雨天書》在一九五九年出版，當時的向明卅一歲，正是青春年少時，因此這第一本詩集裡旳作品，或多或少都染上蒼白的、自戀式的色彩。但這種情調，想必和當時社會環境有關──那是個困苦的年代，隨政府遷移來台的青年軍人彷彿也有著相同的命運。因此，像「幸福的窄門」、「夢的蝸居」這樣的意象浮現時，我不禁聯想起楊喚的某些句子；再如〈門〉的末二句：「關不住的呀！當歌鳥輕啄銅環的時候／關不住的呀！當春雷吆喝起程的時候」其中昂揚的生命力，就頗能代表那個時代艱苦而卓絕的共同風調。

　　卷二的《狼煙》開始出現「金屬的雲」這類有新意的意象組合，〈秋歌〉首段：「扔每片寂寞出去／以歌，以頻變的舌葉／知道麼？這裡秋已經包圍著我們」每片寂寞殆指落葉，也點出秋日蕭瑟的景象與心情，全篇環繞這個意念而抒發，不見悲秋情懷，反而展現理性的颯爽。我認為，《狼煙》的作品，拋棄其早期作品的句法、情調，而展現一種詩的「純度」，更精煉、更有新意，在意象塑造與氣氛結構上，有很大的進展。

　　卷三《青春的臉》受評論頗多，〈瘤〉、〈巍峨〉、〈釘〉等作品，都顯現出詩的「深度」，講究句與句之間的對稱、抗衡，選用閃電、雷鳴、砂石、鋼鐵等意象，在在促使其作品爆發某種氣勢，力道深厚。因此，就像是〈翻書〉這般平常的事物，也留下「雷的聲響／震地而起」的誇大想像。《青春的臉》也收錄了一些溫情的詩篇，寫母親寫妻子，但上述呈現陽剛風格的作品，仍應予以注意。若就向明的人生歷練而言，此時正值四、五十歲的壯年期，在詩藝上力求突破，也的確有所成就。

　　卷四《水的回想》以下，則在題材上擴充更多，甚至不避庸俗，以各種日常事物入詩，使他的作品更具「廣度」。〈生活六帖〉、〈出恭〉、〈洗臉〉、〈讀報〉等作品，可說是向明用以建構其詩的生活美學。我個人則比較注意〈吊籃植物〉、〈舊軍氈〉、〈一枚子彈〉等，因為這些也是從日常事物去刻畫、烘托像向明這輩人的身世與形象；相對於以歷史事件為題的史詩，這類小兵進行曲，其實更見乎人性與情味，也是歷史不可或缺的備忘錄。

　　向明在其《隨身的糾纏・後記》曾提到，《隨》集寫作的五、六年間，時局變易甚大，但他個人「祇有藉詩的語言透露出我對周遭這一切變化所反映出的體驗、感受、關懷、憂傷和疑懼。……已屆耆年的我仍然鬥志十足，仍然有所堅持。」我想這正是一個詩人的自我告白，在現實的種種身分之中，毅然決然選擇了詩來安身立命。其實仔細追查，從《雨天書・筆》開始，向明即經常以詩觀詩，以詩論詩，有典正如〈水的回想〉，也有俏皮如〈窗外的加德利亞〉；而經常反省觀照文字的藝術、詩人的命運，所企求的，不正是歷史

的定位與評價嗎？〈外面的風很冷〉以近似諧謔的口吻寫出了加入詩人行列的決心，更可印證這個論點。

爾雅出版了一系列的「世紀詩選」，以此為名，應包括二個意涵：一是呈現詩人自己的寫作歷程與成果，其次則是叩問歷史的定位與評價。就向明而言，他的努力與堅持應該不會白費。而且在新詩發展史上，可能應該從更多角度來觀察、定位。向明寫詩、論詩、編詩、譯詩，這般與詩的「隨身糾纏」，使他具有非常豐厚的詩的資本，不只是一個曖曖內含光的詩人而已。就詩壇所見，有愈來愈多的詩人在創作、編譯、理論等多方面同時進行；向明，無疑也是其中的一個代表人物，不容忽視。

——二〇〇〇年八月十八日，台灣日報副刊

黑色的火焰在跳動

──杜十三《石頭悲傷而成為玉》評介

　　杜十三曾在一九九三年出版詩集《火的語言》，「火」的意象與力量，確實是他創作的動力與風格；直到新近出版的《石頭悲傷而成為玉》，我們仍然可以看見字裡行間那跳動的火焰，感受到語言文字的熱度。

　　根據後記，《石》集有手工限量版與有聲版兩種，我所閱「聽」的，正是後者。這本有聲版詩集，包括新作三十首、歷年作品選四十首，以及朗誦CD一片。這樣的組合，帶給我們很新鮮的閱「聽」經驗。在CD朗誦部分，七首閩南語詩歌的誦讀，或女聲，或男聲，配以鋼琴即興伴奏，的確令人印象深刻。如〈鐵路兮聲音〉，節奏鏗鏘，緩急有序，把火車摩擦鐵軌的聲音、少年時光的飛逝、離開故鄉、奔向未來等情境、情懷，都揉進文字和聲音裡，呈現飽滿而動人的聽覺效果。

　　在視覺部分，整本詩集從字體選用到版面設計，都有實驗的味道，使我們在解讀文字意涵之外，不能不注意那些粗黑體或抽象畫的作用。一般書刊多用仿宋、細明或楷書字體，《石》集中某些作品的粗黑字型，閱讀起來是相當震撼的；起先是一種干擾，尤其是與地震有關的詩句，這種字型，在在使人怵目驚心，彷彿每一行都是社會新聞大標題，令人痛徹心扉。逐漸適應之後，透過那些粗黑的線條，似乎更能體會作品中，世紀末的吶喊與愛欲的糾纏──字型和作

品內在的情感，竟然因此隱隱相合了！這可謂另一類的「表裡如一」。又如〈罈中的母親〉、〈阮只是在等待風吹〉等作品，係以兩種字體的交錯，代表不同的語調與心情，可以合讀，也可以對誦，詩的趣味與深意，也就油然而生。

不只是字體的變化，更因為文字背後，有火熱的情感奔流，所以《石》集整體給人的感覺，就如同那粗黑字型，是一朵朵黑色的火焰在我們眼前跳動、飛舞。《石》集中經常看到這樣的句子：「用火焰洗淨身體」、「文字涅盤之後送去火葬場」、「我們喜歡在火中飛」、「舉目盡是屍骸斷壁烽火煙硝」、「思念兮大火」這類的句子，可謂以火為意象，用火的方式思考。也因此，寫愛慾的交纏、愛恨的碰撞，便是沸騰如火、相繼焚燃之後，化為灰燼與碎片；寫文字的錘鍊，或者文字與數位的對峙，也都是經過火舌的狂吻，而後成為文字的舍利子，火燙，而且不死的詩篇。於此，〈石頭因為悲傷而成為玉〉、〈淡水河上飄滿象形文字的碎片〉、〈肉身大懺〉與〈灰燼說法〉等篇，都可作為代表。即使是寫時間的詩：〈在21世紀的第一道曙光中〉與〈二十一世紀第一班列車來了〉，不以火為主要意象，那新世紀的曙光，仍然是從火焰中「不斷爆裂抽搐」，所以才能「光彩繽紛」，而人們正是藉用「仇恨的灰燼」，「在晨曦中讓它懺悔成光」——光，不正是從火中鑄造萃取的嗎？可見，火，是杜十三的語言的本質。

這本詩集可算是杜十三作品選集，從題材與內容，我們看到他對鄉土的關懷與熱愛，對電腦科技、虛擬世界、未來世紀的探測與思考。然而在〈密碼〉、〈不敢與妳相擁〉二詩中，杜十三為我們展現人文與科技的對話結果是，當男女

愛情變成數位與數位的廝磨，Enter與ESC之後，只剩下寂然與毀滅，這應歸究於愛情的荒謬，還是科技的冰冷？看來喜愛詩的實驗，擅於運用聲光科技以表現的詩人杜十三，也有著憂世的火熱心腸。

　　　　　　　　　　　——二〇〇一年六月，文訊，一七六期

拉著天空奔跑

──白靈《白靈・世紀詩選》評介

「細細一線，卻想與整座天空拔河」
「沿著河堤，我開始拉著天空奔跑」

　　記得，是在公車看板上讀到這樣的詩句，當時心裡頗覺撼動，意象如此精確，張力十足，是誰的作品？可惜公車搖晃不已，念頭一閃而過，也就忘了去追查。但對於詩句的印象卻十分深刻。直到翻閱新出版的《白靈・世紀詩選》，這句子竟自動跳入眼簾，原來是白靈的〈風箏〉：名家出手，果然不同凡響。

　　《白靈・世紀詩選》收入五卷六十五首詩，從所附資料看，卷一「五行詩」為近年作品，卷五「後裔」則是一九七六年，最早的一部詩集。這樣的編排方式，似乎不同於一般的習慣（在時間上由最早作品至最新），但也使我讀完全書之後，赫然發現白靈早期作品的題材與風格和近作是如此的不同！

　　概觀之，卷五「後裔」和卷四「大黃河」所選作品，在篇幅上長詩較多，而且習用長句。例如〈高速公路──阿水伯的春夏秋冬〉，屬長篇敘事，記錄阿水伯將祖傳田地捐作高速公路的始末，大量的對話形式，使全篇更具有戲劇效果。但副題「春夏秋冬」，卻不表示在段落上是春夏秋冬四大段，反而是春春夏秋秋冬冬七大段，由此可見其特意經營的用心。

　　再仔細閱讀，也可以發現「敘事」一直是白靈喜愛的手法。卷三所收的〈鴟之復仇〉，即自注為「敘事散文詩」，由楔子至尾聲，分四小節敘述一對鴟鴞（屋脊上的裝飾物，傳說可禁壓火災）的流浪史。然表面寫物，實則記述日人入侵南京、燒殺擄掠，終至敗亡的景況。「一對千年鴟七載流落，黃昏時終於被劈成碎柴，放火燒成夕陽的一部分。」「長江流到網邊，輕輕擦撞了一下，又轟轟遠去，一顆熟透的紅日黯然垂落。」紅日垂落，固然暗指日本帝國的殞落，但就像「燒成夕陽」所蘊藏的衰敗氣氛，這結尾的一段實更有歷史滄桑的感覺。

　　對於歷史，白靈表現了高度的興趣。本書有不少作品都和中國的歷史、歷史的中國有關。當然也收錄了二首個人的歷史書寫：〈童年之一──四十年代〉、〈童年之二──五十年代〉，「炮彈在背後的天空打著／一枝一枝的棉花糖」、「枝仔冰是一支支的溫度計／在小孩們的口中量著夏日的體溫」類此佳句頗多，大體都能掌握以童稚的眼光看現實世界的準確度，在天真的想像中，反襯現實的冷酷與艱難。而這類作品，也讓我們看到白靈對於敘事技巧的靈活運用，在借用戲劇與小說的架構之外，也能融入抒情的意味，向史詩的格局邁進。

　　對照白靈前後期作品，最明顯的差別還在於形式。卷二「愛與死的間隙」出現了兩句一組、俳律似的作品，卷一「五行詩」則一概以五行的形式呈現。卷三「山寺」的每一組句子，都流露了禪味，在色相與空無之間辯證。〈愛與死的間隙〉更見力道：「未被蝴蝶招惹過的花／難知何謂誘惑」、「不曾讓尖塔刺穿的天空／如何領會什麼是高聳」等句，頗有

「色即是空，空即是色」的思量。而卷一所收的十九首詩，可說對五行的形式，作了熟練而完美的演出。

　　總結而言，前二卷的作品比較容易親近，不只是因為形式上的改變創新，也因為其中的筆調、角度不太一樣了。若說白靈早期對歷史的態度是慎重的，則近期的作品無疑是轉向「輕」的質地，例如：「所謂帝王／滾落肩上／不過頭皮屑罷了」（〈對鏡〉），當這樣的句子出現，彷彿代表其人生態度的轉寰，更有餘裕。或許也可以這樣說，白靈早期作品「有我」的成分較濃，近期則多以無我、客觀的角度，藉由意象與情境的營造，形成更普遍動人的感染力。我覺得這樣的轉變與努力是十分成功，且值得讚賞的。因為，我們已經看到白靈從自我走出，開始和世間萬象進行文字的拔河，在詩的國度，「拉著天空奔跑」，更加揮灑自如！

──二〇〇〇年八月，文訊，一七八期

雅俗共賞

——台客《石與詩的對話》評介

　　《石與詩的對話》是台客先生的第五部詩集，收錄六十六首詩及十四篇短文，皆與石頭有關。

一、專題寫作的啟思

　　台客，本名廖振卿，一九五一年生，台北縣人，現為葡萄園詩刊主編。這本《石》集，因為以玩石、賞石為著眼點，故相當有整體感，也是少見具有專題設計、主題寫作的新詩集。以往羅青《吃西瓜的方法》、向陽《十行集》等，大多著重於形式上的設計與實驗，在題材上並不限定範圍；而張健《百人圖》、林錫嘉《竹頭集》則分別以人物，竹子作系列的創作，《石》集即是屬於這類的寫作方式。

　　其實，類似這種專題寫作，在現今出版界可說蔚為風潮。有些作家甚至說，他是以一本書的構想來寫作的；報紙副刊、各類雜誌也競相以專題編輯來凸顯其刊物的特色。換言之，這似乎宣告：傳統的隨興而發、結集出版的寫作方式已受到挑戰，在生活步調匆忙的今日社會，主題、專題、話題、議題，都是用以辨明某些身分、品牌，這個現象在散文、雜文界尤其明顯。因此，台客這本《石》集也就有了另一種意義，它促使詩人作家思索另種寫作的方式，可能更可以吸引讀者，進而喜愛之。

二、石與中國人文

　　然而專題寫作並非易事，取材與設計，仍應避免流俗，特別是詩。這一點，《石》集就很能符合雅俗共賞的目的。在中國人文精神中，玩石、賞石本就屬於風雅之事，奇石盆栽、鬼斧神工、渾然天成，都是石帶給人們的欣喜與讚歎，愛石成癡者，亦不乏其人。通俗文學裡，更有那自石中迸生的孫悟空，以及女媧煉石補天，又衍生出來的紅樓夢故事；頑石與美玉，同樣讓人們津津樂道，愛不釋手。在這樣的民族文化、人文基礎下，《石》集確實具有吸引讀者的條件。

　　此外，值得注意的是，台客身體力行的寫作精神。從附錄的短文中，可處處看到他因為愛石而不惜跋涉溪澗，甚至「愚公移山」，把圳溝底的怪石費力地扛回庭園。這種人棄我取、慧眼獨具的作為，實非附庸風雅而已。如果說每一首詩，都應是作者智慧與心血的結晶，《石》集的大多數作品，也都不只是案頭清供，更包含了這種可貴的精神。

三、《石》集的創作藝術

　　《石》集的作品，大體語言流暢明朗，時見巧思，呈現禪意與趣味。在形式技巧的運用上，〈小雨滴下著〉、〈白色絲涓〉、〈天地間一條拉鍊〉等作品，均能利用字詞的反覆、排列來變化文意，相當可喜可讀。在題旨的呈現上，〈睡佛〉與〈賞石〉有禪的自在會心，〈梅園〉有對生命生死的感歎，〈沉思・一隻奇怪的山羊〉有對時間的思考，〈魚的對話〉與〈被罰站的山豬〉則頗見童趣。被多位詩人欣賞的〈石鐘〉，以及〈女王頭〉也都具有明麗優美的風格。

不過，在細部的寫作技巧上，《石》集仍有些許可議處。例如語言的問題，在明朗之外，仍應講究精確，方能達到上乘的境界。〈石鐘〉云：「海神下嫁惟一的女兒」，「下嫁」一詞，與一般用法不合；又末句「石鐘的樂器卻未及收回」，是非常巧妙、有餘韻的句子，如果省略「的樂器」，文意無損，但句子更精煉。

從文類的角度看，《石》集亦可視為詠石之作。詠物詩雖未必要有所寄託、文以載道，但主題與被詠之物的「離合」，卻必須保持適當距離，才能達到點題與抒發之效果。這一點，〈尼克森人頭〉、〈鶯歌石〉都有著相當不錯的詮釋與發揮；似此，對現實的諷諭，以及表達自我的思考觀點，應是台客可以再進一步深耕的空間——在下一部詩集中。

——一九九九年二月，文訊，一六〇期

語言的饗宴

──陳克華《美麗深邃的亞細亞》評介

　　每讀一首詩、一本詩集，就是一場語言的饗宴。雖然，那可能迥異於傳統的美感經驗。

　　在前一本詩集《欠砍頭詩》陳克華早已喊出「猥褻之必要」；這套「色情」語碼，在新作《美》集中仍繼續發揮。其將近三分之二強的篇幅，都是以性愛影射政治，而且層出不窮，出奇制勝。當「舌頭」不再是用來歌唱，而是用以舔舐、愛撫，堆砌出「額頭龜頭乳頭舌頭／枕頭床頭彈頭砍頭」（頁一六一、一六二）的異色風景時，讀者真是為之「搖蕩情性」，墜入「色境」的「煉獄」。

　　在「色情」文學裡，運用性愛語彙來諷刺現實、挖掘人性、顛覆道德，正是此派作家的意圖。如其輯五「愛上官僚的愛麗絲」諸詩，可說相當尖刻而銳利地指出，整個台灣政治處境、情境的曖昧與迷惑。而構成這種震撼力，不只是主題上的苦澀凝重，語言形式的實驗，也有推波助瀾之功：「帶著你們的金龜頭銀睪丸銅屁眼鐵屌毛」（頁一五六）、「雀鳥棲於高枝亦不成其雄踞／人戴不戴套子，原也不成其□□」（頁一一五），前者拆開「金銀銅鐵」的成詞，接上不倫不類的性器官，滑稽突梯之下，正是用來抗議政客權貴踐躪花蓮鄉土；後者套用文言句法，卻完全扭曲其類比關係，令人噴飯，也不得不思考無所不在的「套子」，其實也是一種政治的箝制。似此，在在顯示其深厚的文字功力，不惟賣

弄色情而已。

　　然而,「肉體是你最初及最終的信仰嗎?」(頁八十)如輯五的〈火祭〉寫民進黨鄭南榕之死,其事牽涉政治,但已放棄用性愛語彙敘述,是因為其人?還是因為九六年以後,陳克華已拋棄「色情」,回歸比較傳統的比喻象徵系統。就輯一、六所見,〈現代俳句〉、〈哭泣二十七則〉、〈剎那毫安寺〉、〈東寺補記〉等,不必倚賴「色情」,也都可以兼具尖新與永恆的雙重要求。

　　是故,對語言的鍛鍊,本就是作家個人的「修行」。過度搬演同一類符碼,終將令人飽饜,甚至麻木不仁。當我們通過對「肉體」的觀想之後,總要「放下」吧!

　　　　　　　　　——一九九七年五月廿九日,中國時報開
　　　　　　　卷版

望海的史前魚

——謝昭華《夢蜻蜓》評介

　　謝昭華（一九六二～）和我同年，閱讀他的第二本詩集《夢蜻蜓》，卻帶給我陌生而新奇的經驗。

　　在他的作品中，經常出現這類名詞：三葉蟲、草履蟲、牙形石、穿孔貝、寒武紀、侏儸紀……使人彷彿墜入史前時代，隨時可能和各種稀奇古怪的生物相遇。老實說，初讀時，我還費了一番力氣去和這些名詞奮鬥，它簡直在考驗我的生物學知識；和我中文系的唐詩宋詞，或我偏愛的鄭愁予、余光中，也大異其趣。我又忍不住拿他和同輩、同是醫生的陳克華比較：陳氏成名較早，他近期經營的器官情色之作，從醫學背景上似乎不難理解；但謝昭華的史前時代，又怎麼解釋呢？試看他的自序：

> 其實童話與神話說的都是人類潛意識裡的願望，
> 當兩棲的魚頭螈自上泥盆紀的海水中探出頭來邁著
> 它蹣跚的步伐踏上古大陸時，人類的童話便開始書
> 寫，無論是以口述或形之於筆墨。……
> 我想魚的籍貫應該只有一個，它的名字是海洋。
> 人，亦然。

　　於是，我才恍然大悟，原來出生於馬祖列島、目前也執業於當地的他，骨子裡就是一尾史前魚吧！所以他對海洋

如此執著，對史前的世界如此迷戀，還說：「我是安分的扇
鰭魚吐著疑惑的泡沫／思索著泥盆紀陸地背叛海洋的不安」
（頁七八），可見他心裡對海洋的深刻依戀。

　　了解這樣的心理因素後，我覺得謝昭華的詩就比較可以
掌握。輯一的「冷戰紀事」，大體在陳述自己對生長之地馬
祖的記憶與情感。從〈國境封瑣〉、〈海域縱橫〉二詩，我
們看到馬祖在歷史與時局下的處境，〈在戰亂頻仍的年代醒
轉〉、〈我們居住的島嶼〉二詩則從個人的成長經驗切入，
在大歷史與小歷史的擦撞下，我們（在台灣本島成長的）隱
約感覺那身為外島居民的莫名心境。那似乎不是桃花源的想
像，也不全然是前線戰地的陰影。槍聲砲聲，魚蝦貝藻，花
崗岩和響尾蛇，野菊和蜻蜓，紛雜的意象鋪滿了生命的旅程。
而最能透露海口人的生活習慣的，莫過於詩中加蔥加鹽、薑
絲麻油的字眼，這讓我聯想烹煮海鮮的基本要訣；至於履帶
車裝甲車的陰影，在詩中也經常可見，例如：「吟遊歌手在
風中傳唱黎民的失守流離，音符急切／是兩棲裝甲車履帶輾
過傷口的哭泣」（頁五六）。就記憶的翻轉與運用而言，謝
昭華可說表現得淋漓盡致。

　　《夢蜻蜓》共收錄四十六首詩，分為五輯。除上文介紹
的第一輯，輯二「錯身」的格調與輯一是很相似的，輯三「重
金屬」倒是貼近現實世界，寫網路的幾首詩，我都非常欣賞。
〈許久不見〉入選《詩路一九九九詩選》，我已特別指出這
首詩的可觀之處（見《文訊》一八五期，九十年三月），謝
昭華在這方面的特色是，不只借用電腦名詞，更成為一種思
考的方式。例如〈螢幕之海〉、〈夢的傳輸〉二首，在虛擬
與寫實間，就有著巧妙的揉和，使新詩的語言進入資訊的世

界，也促使我們更認真地面對「網路詩」的挑戰。

　　謝昭華曾獲得時報文學獎與台北文學獎。從所附的評審意見看，他慣於羅列長串意象，是優點也是缺點，譬如鍾玲、陳義芝等都說他「用力太深」；我個人也頗有同感，不知謝昭華自己的想法如何？

　　　　　　　　　　——二〇〇一年六月，文訊，一八八期

冷凝的歷史檀香

——陳大為《再鴻門》評介

　　初讀陳大為的詩，彷彿嗅到沈重冷凝的檀香味道。我想，這是因為他喜愛以歷史為題材，同時也企圖刻畫出歷史的深度和光澤。

　　他的幾首長詩，寫史前的堯、鯀、和禹，寫戰國的屈原，寫楚漢的鴻門宴、三國的曹操等，都顯示了強大的寫作意圖，同時也操演著各種寫作的策略：顛覆、異議、反思、交錯並置的多元聲調，使得這些人物事件，脫離了傳統典籍的面貌，逐漸模糊、破碎，有待讀者自行拼湊。

　　在他筆下，南洋家鄉的僑界生活，也呈現後殖民式的色調與風格。〈甲必丹〉的反諷與輕蔑，恰是後結構書寫的展現。〈會館〉、〈茶樓〉則以日常的瑣碎庸俗，和神聖的歷史記憶錯置並陳，形成墳場般的森冷幽咽，在在透露了第三代移民與被殖民者的複雜悲情。

　　身處這樣的情境，陳大為的詩常有「出走」的欲求，而每一次自原鄉「出走」，便為它畫上新的一筆，如是重重疊疊的，他建構了原鄉的記憶，也使得那些寫南洋家鄉與童年的短章，具有史詩的風味。比較起來，這些短詩反而更平易近人，因為這是作者親自踩過的泥土，仔細反芻過的篇什，更能感發人心。那些長篇鉅作，筆調有的太生硬，經由閱讀與思考，作者太急切想要表達什麼，反而顯得咄咄逼人，與讀者有隔。

　　其實無論是長篇或短篇，最重要的還是要有餘裕，作者與讀者才有迴旋的空間。陳大為很清楚的表示了他的寫作策略，也頗受肯定，因此很多後結構批評的意見，彷彿很容易套進他的作品中，但這豈不是大大限制了讀者在閱讀上的想像與創造？以同是長篇的〈再鴻門〉與〈屈程式〉來看，〈再〉詩從「歷史書寫」的議題切入，相當精準，卻也操控了讀者的思路，形成另一種霸權；而〈屈〉詩較為龐雜，卻留給讀者更多自由穿梭與隨意觀照的空間。是故，在追求史詩的格局與氣勢之外，如何做到渾然天成、溫潤有情，這必須回歸到詩的本位思考，而無關乎「策略」。

　　　　　　　　　——一九九七年四月十七日，中國時報開
卷版

在詩的前線行走

——陳大為《盡是魅影的城國》評介

我的滑鼠差點跟丟了爺爺……
我的麒麟　加速穿越赤道的詞庫……
至於不慎遺漏的事物
下一首詩　會隨勢接住
　　　　　　——陳大為〈在詩的前線行走〉

　　閱讀陳大為的新詩集《盡是魅影的城國》，會讓人有複習文字學的感覺，他對文字的酷愛，對詞彙的想像，以及敏銳的語感，都無愧於「詩人」這個行當。如果，這是個圖像影音的年代，陳大為對文字的著迷，的確是獨特的、超越世俗的，也讓人不知不覺感染了那分魔力。

　　在陳大為的文字世界裡，對語言文字的本身，有著這麼多新奇可愛的形容：駕鶴西歸的舊韻腳、螺帽鬆脫的破格律——用這類的詞來形容舊詩體制的「大江東去」、無可挽回；或者：「好些被大膽冒用的譬喻／跑出來　喊冤／沒被貼切寫中的詞／到別處／經營他們所剩無幾的意涵」（〈我的敦煌〉），像這樣把日常語言和詩意的結構混合，竟產生了滑稽突梯的趣味，頗有解構的效用。

　　有的例子是比較沉重的，例如〈在隔壁〉：「在隔壁　我聽見／死亡被床放大的　掙扎／一吋一吋／吃掉恐懼可以躲藏的距離／吐出幾根發抖的／形容詞　和它撞倒的文句」

這首詩寫的是童年時，對外公死亡的記憶。因為是童年往事，所以那種死亡的恐懼是隱隱約約，忽近忽遠的。但我們看上引的末二句，發抖的形容詞、被撞倒的文句，都是用來比喻死亡繪帶給人們的恐懼和驚慌，所有悲傷的形容詞、病逝親人的文句，都被涵括在這兩個精準的意象中，發抖、撞倒，一方面傳達出震驚、不可抗拒的心情，另方面也塑造了聽覺上的想像，令人耳邊彷彿有格格顫抖、乒乓倒塌的聲響，這正是死亡撞擊生命的恐怖節奏啊！

　　這本詩集的每篇作品都牽涉到對詩的思考，淺顯的如上文所舉的例子；而取作書名的同題詩〈盡是魅影的城國〉就更深入。這首詩說的是詩的城國，那是文字的邦城，魅影幢幢是因為文字的虛幻、創作的孤寂，以及閱讀時無止盡的「誤讀」。這首詩表現了對文字的整體思考，也可代表陳大為的詩觀。又如〈簡寫的陳大為〉，拿自己的名字來解讀、解構，簡寫的「陳大為」相對於繁體字的「陳大為」，好比是馬來僑鄉、現實世界、古老中國……種種身分認同的交錯，「中文節節敗退」、「四季簡成一季」等自我反省與詰問，都十分警醒——我們不得不佩服，一個在非中文環境中成長學習的詩人，能夠有這麼深廣而銳利的眼光，看出了中國文字、文學、文化的變異，無論它是由古典到現代，還是由中原到僑鄉。

　　《盡是魅影的城國》共有六個系列四十二首詩，系列六「南洋史詩」自是一大重心。此外，也包括了一些都市詩，和不少的「以詩論詩」的作品。但整體來看，陳大為仍是以文字、詩的觀點來貫串全集，演繹文字的魔力、企圖以詩寫史，尋求文字安身立命之所在，正是這本詩集的基本精神。

如同前文所引〈在詩的前線行走〉諸句，用電腦滑鼠創作、追溯爺爺與南洋的行跡歷史，是陳大為苦心經營之處，但「下一首詩　會隨勢接住」的，應該不只是南洋生活的軼史而已——否則，為什麼以〈在臺北〉作為整個系列的終結？

　　陳大為的文字是有魔力的，而在下一本詩集，應該不只是文字的出沒，會是思想的馳騁，我十分期待。

——二〇〇一年八月六日，中央日報十九
版出版與閱讀專刊

圖版新讀閱詩

雌性的號叫

──江文瑜編《詩在女鯨躍身擊浪時》評介

　　這群女詩人以她們帶著韻律的聲波，定位自己悠游於
太平洋與台灣海峽，磨蹭島嶼海洋文化的岩石，並以
雌性的號叫，吸引雄鯨的注意，也發出強烈的自我定
位訊號。──江文瑜《詩在鯨躍身擊浪時·序》

　　這是一本很有意思的詩選集，由十二位女詩人結社（女
鯨詩社），並發行這本創刊號詩刊，勇敢的、大聲的向以男
性為主導的台灣詩壇發聲，尋求「回音」與「定位」。從江
文瑜的序言中，可以感受這個詩社的態度與主張，以及她們
遠大的企圖與目標。

一、女詩人「自」選集的意義

　　這個詩社及這本詩集的出現，我認為有兩層意義可談。
其一，這是由女詩人自己編選的女詩人作品集，它的選錄標
準，以及整體的風格取向，究竟有何特別？以爾雅出版社的
《剪成碧玉葉層層》做比較，《剪》的作家作品仍以婉約柔
美為大宗，而這本《詩在女鯨躍身擊浪時》則相當不同，除
了沈花末以「寂靜」為訴求，其他十一位女詩人在題材、詮
釋角度、語言風格上，可說以慧黠、嘲謔為基調，充分顯現
女人視角下的社會現實、生命歷程，是那麼的腐敗不堪，而
女詩人除了以嘲諷的態度抗議，便只得更堅定宣誓，以詩為

安定自我的唯一途徑。是故，《詩》的出版，一方面順應當代女權思潮，另方面也更加充實女詩人的作品類型。

　　其二，就女作家而言，女詩人受注意的程度，仍然不如小說與散文的創作者。這是整個文學環境的問題，小說當道，連散文都必須退避三舍，何況是詩！因此《詩》集的出版意義，不只是吸引雄鯨的注意，它更應該有個良性的作用，增進社會大眾對「詩」的關注與重視。

二、女詩人的性別思考

　　《詩》集分二卷，卷一為各家新作篇，卷二為其精華篇；十二位詩人在題材與形式上各有差異，也呈現其個人在創作上的努力與成就。

　　王麗華的「愛情耳語系列」，表面上是傳統的男女感情模式，但，〈執守〉、〈質疑〉二首卻發出強烈的命令語氣，表現女性的強勢，末則〈棄婦〉，更化被動為主動，不做傳統哀怨的棄婦，而是「離你而去」的高傲與絕裂。這種女性的自信，在顏艾琳的詩中，更加顯著。〈安娜琪的房子〉：「任性的女主人搭配不同體味的情侶」、「安娜琪多麼雙性。／一個人的安娜琪和／她（他）自己的安娜琪／妥協了這個孤立的房子。」這些句子已經企圖擺脫男女二元對立的思考，進入「雌雄同體」的探索。陳玉玲的作品，也都寄寓對性別角色、男女戀愛模式的審度，〈沙發〉尤其具有「女性復仇」的快感。無論是「性」或「性別」，大多數《詩》集的作品都抱持檢證與顛覆的筆調，相當犀利。

三、女性視角下的社會人生

　　在反思女性本身的生命歷程上，江文瑜〈阿媽的料理系列——4.南瓜頭〉、李元貞〈亮麗的深秋〉、杜潘芳格〈更年期〉都有真實的聲音，後二者尤其顯現「老來可喜」的安然從容，而非「美人遲暮」的哀詠——這樣的體會，顯然和傳統（男性）的觀察、描繪大不相同。

　　《詩》集中，不乏對社會現實關懷的作品，代表女詩人涉入公共領域的積極作為。利玉芳〈小白花知道———一九九七年五月歐洲記行〉、〈溫泉浴——一九九八年七月秋田縣厚生掛溫泉手記〉很巧妙的用女性經驗（週期性經痛、用浴巾包裹赤裸），點出台灣處境的尷尬。而張芳慈〈重劃區〉、〈滋味〉二首係針對鄉里故土遭人為戕害，發出不平之聲；值得注意的是，相對於許多男作家動輒以男女性愛比喻土地、大自然的種種，女詩人卻往往另闢蹊徑，打破這僵化的寫作模式。

　　以上拈出若干女詩人，見其作品特色。尚有劉毓秀著力於文學中，女性人物的重寫、改造，主題意識鮮明；蕭泰則擅長從日常人事去反省女性的角色功能與意義，例如寫詩的媽媽、市長的夫人等女性形象，都給予幽默的嘲弄；海瑩的作品，則較溫和柔美，這種風格理應存在，不須排斥；沈花末者亦同。

　　在形式的試驗上，系列作品、方言詩，以及種種長長短短、參差交錯的句型實驗，也是《詩》集中的女詩人致力之處，不容忽視。

——一九九九年四月，文訊，，一六二期

現代詩的練習曲

——蕭蕭《現代詩遊戲》評介

　　詩的創作，基本上就是文字遊戲。以遊戲的心情寫詩，可說掌握了詩令人愉悅的本質。在《現代詩遊戲》中，有二十種遊戲方法提供向學者練習，從中擷取詩的奧妙。這些方法，雖給予游走、鬥魚等活潑的章節篇名，但大體仍可概分為意象的觸發、想像的運用、名句的模仿、擬人擬物等修辭法則，以及對歲月人生的主題探索。

　　就模仿名句佳作而言，使人感興趣的，不是其正面的模仿，或是錯接、變造、謔仿等技巧，而是選文定篇的功用。我們熟悉並且偏愛古典詩詞，大多是因為「床前明月光」等名篇佳句，耳熟能詳，成為心情的註腳，深入生活與文化。現代詩呢？除「我達達的馬蹄是美麗的錯誤」外，所知者有幾？因此若能透過佳句摘選與仿效，和名人名句一同呼吸，潛移默化，操千曲而後識其聲，應可期待。

　　本書〈解構〉與〈調整〉二章，是最具遊戲意味的設計。「解構」者，似今新新人類的DIY造句法，把「難過」、「方便」等成詞，斷裂為上下單一字義，而形成「河太寬，很難過去。」的怪異句子。「調整」則把原句的詞語單位重新排列組合，創造各個新奇句子。類似這樣的練習，確實是「腦筋急轉彎」，趣味十足。但無可否認的，有的作品饒富創意，有的則乏善可陳。這恰恰提醒學習者：遊戲之必要、練習之必要，但不達精煉完美，畢竟只得皮相，與詩相距遙遠。

　　寫詩令人著迷，但初學者往往「有句無篇」。粗略估量，《現》書所提示的創作方法，在造句上的啟發頗多，以意象與聯想的法則而言，就提示了同異、遠近等思考的線索。但它也留下更大的難題：怎樣把這些佳句連綴、發展成篇？〈演義〉章曾提示了人物與情節的構想，〈游走〉章卻把結合的關鍵交給讀者自己去努力，令人有些悵然。

　　一首詩到底是怎樣完成的，現代詩的章法結構可否作整體的分析與模仿？期待更多的現代詩創作祕笈，讓有志者可以早日學成下山，闖盪江湖，遊戲人間。

　　　　　　　　　　──一九九八年二月五日，中國時報開卷版

台灣心・台灣情

──李敏勇《台灣詩閱讀》評介

　　在現代詩的版圖中，「台灣」究竟有著什麼樣的風貌？詩人又怎樣來刻畫「台灣心，台灣情」呢？這些思索，李敏勇的《台灣詩閱讀》可以找到若干答案；這本書帶我們踏上現代詩的「台灣之旅」。

　　不同於一般的注解賞析，李敏勇是以散文創作的方式，寫出他對某個詩人及其作品、風格的看法，選文只是一個媒介而已。這由目錄編排可看出（「五十首台灣詩」與「李敏勇的詩閱讀」左右對照），由其〈自序〉更可了解創作始末與目的：

> 這本書收錄我對五十位台灣詩人作品的探觸與對話
> 記錄。從某個角度來說，這些形跡也呈顯了歷史的
> 觀照，是台灣人心靈動向的見證。在某種意義上，
> 這本書也呈顯詩史的某種面相，隱隱約約地訴說著
> 台灣的聲音。

　　據此，這本閱讀筆記不僅在欣賞文學而已，更有歷史的企圖與意義，希望透過現代詩為台灣社會做見證。就所選詩人作品看，白萩〈新美街〉、方旗〈蔗田〉、岩上〈台灣瓦〉、敻虹〈卑南溪〉、旅人〈港邊惜別〉等，這些作品描寫台灣風土，寄託斯土斯民的情感，本身就十分感人，再加

上李敏勇解說時特別強化其「台灣意識」，因此也就形成了「對話」，讓我們看到作品的藝術性與社會性。例如閱讀敻虹的〈卑南溪〉，李敏勇介紹敻虹以優美雅麗的風格見長，近年則轉入佛學的妙空，對敻虹可說了解；但李敏勇最後仍然說「而我聽見的是卑南溪的嗚咽。」「這樣的嗚咽是台灣土地上的嗚咽，在現實裡或記憶中常常敲打著人心。」這沉重的感歎是作品之外的，卻又緊緊於台灣社會，可說是閱讀的延伸。

　　相較於其他的詩選集，李敏勇所選讀的作品在創作年代、作家族群的分布是相當勻稱的，連女詩人也穩穩站立一角。不過，我們也發現，在「台灣意識」之外，李敏勇對於詩的敏銳，對於美學的沉浸，也是值得注意的。例如，〈在一座已經荒蕪的城市〉解讀孫維民的〈悼念一棵槭樹〉，行文浪漫感傷，非常貼近詩的氣質；而多篇討論到「詩」與「詩人」的本質，就是李敏勇反覆以詩論詩的最佳證明。

　　當台灣文學逐漸熱門，我們確實需要更多作家、著作，引導我們去認識、接觸，而這本《台灣詩閱讀》正是一本入門的好書。本書始於吳瀛濤的〈天空復活〉，止於許悔之的〈不忍——詩致林義雄〉，詩與論述都相當精采可觀，但請容贅言一句，悲情氣氛仍然濃郁——這固然反映了台灣歷史情境，但更期許下一本「台灣詩閱讀」，那裡面充滿了平安、快樂與希望。

—— 二〇〇〇年十二月，文訊，一八二期

新詩 e 世紀

──代橘主編《詩路一九九九年詩選》評介

　　網路改變了我們的時代，網路改變了我們的文學？翻開這本號稱「台灣第一本網路詩選」，我充滿了好奇、想像與期待。

　　是誰在網路上寫詩呢？網路上的書寫者，新奇的筆名、暱稱，流動、不確定的身分，都使我這個紙本（相對於電腦、網路）時代的讀者好奇與迷惑。所幸，我在這本詩選集裡看到「作者簡歷」欄，有的還附有「詩觀」。雖說這是個「作者已死」，強調文本的時代，但對作者有多一些的了解，感覺更親近，對其思維模式、情感世界也比較有印象。從這些資料中，我也發現有趣的現象。對於創作，這些網路詩人有的相當信服文字的力量，認為「唯有文字能證明存在」（例如Den），有的則是極端個人化、感官化，認為「我負責的是生產和溺愛」（例如Wolf）。後者的態度，相當符合我對網路詩人的想像，因為網路的確提供更私密的寫作空間，因此可以有更多的自由和率性。至於前者，是很傳統、純正的寫作觀，可以代表部分詩人對網路的寄望，盼能藉網路的便利與普遍，傳遞新詩小眾文學的薪火。

　　網路時代的思維方式，究竟起了什麼變化？有幾首詩可以回答這個問題：Den的〈電視機〉嘲諷影像媒體的重複性，這在電腦網路的虛擬世界中，相信更受到影響；子建的〈手機物語〉寫手機一族的空虛，從「你開始豢養一隻暖色系手

機」，到「終於，你開始被一隻暖色系手機給／豢養……」，
對於人與科技的關係，有著深刻的諷刺（可歎的是，人竟擺
脫不了這尷尬的牽制）；謝昭華的〈許久不見〉是一首網路時
代的情詩，但使人注意的，不是伺服器、滑鼠、電子信箱、
中央處理器等科技名詞的運用，而是全篇完全用電腦結構與
程式的方式來思考、書寫，像末二句：「鑲嵌在脊椎中的中
央處理器不斷運算當我進入你的身體／聲音過於嘈雜散熱不
良以致我不能專心做愛只知許久不見」，鴻鴻的評語提到異
形、被異化的感官，可說一針見血，因為從這兩句詩，我真
的懷疑，這是電腦和人，或電腦和電腦之間的愛慾故事。

　　莫傑〈一個數學家的白日夢〉、楊潛〈輕質材〉則以文
學之外的素材，提供一個新鮮的視野。前者以西格馬、X、
Y、Z、畢氏定理、三角函數、矩陣等名詞一一上陣而且轉接
順暢，將數學與詩結合得天衣無縫，令人激賞。後者以天線、
天平與砝碼，秤量愛情之輕，也有推陳出新之意。此外，郎中
莫札邦〈副詞們不懂得排隊〉、木焱〈自選「毛毛之書」五之
一〉、楊佳嫻〈獸之戲〉等，都表現了作者對創作、語言的後
設思考──這種解構思想，也是新時代的思維模式之一。

　　網路文學是個新興的議題，除了出現一批新的書寫者，
也應包括創作媒材的改變，挑戰我們的閱讀習慣。有沒有這
樣的網路詩：像光碟遊戲一樣，有一些程式設計，等待讀者
去按鍵，共同完成一部作品，從一些個人網站，或零星的作
品中，我們偶然可以發現類似的創作。我覺得把這些創作集
合起來，又是另一本「網路詩選」，應該會給我這類紙本時
代的舊人類更多的刺激與思考。

──二○○一年三月，文訊，一八六期

寫實・抒情與形式

──二○○○年七月份《台灣日日詩》讀後

　　七月廿二日傍晚，透過電視螢光幕，我們又「看到」一齣悲劇「上演」──八掌溪擱沙壩上待援的四名工人，因為種種延誤，竟然被上漲的河水沖走！四條活生生、寶貴的生命，就在我們眼前瞬間消失；沒有聽到一聲吶喊，只看見河水滔滔、大江東去……。

　　我回到書房，攤開稿紙，憤激的心情久久無法平息。我擅長用筆寫出心中的悲喜，此刻卻無法吐出一字一句。我平日寫詩，抒情居多，此刻，卻亟欲走向現實，用我的筆揭露黑暗與腐敗，宣判「詩的正義」！

　　在這樣的心情下，我仔細閱讀了七月份的《台灣日日詩》。我把平日喜好的抒情調子暫擱一旁，先解讀了比較寫實的作品。

一、社會的良知

　　子建的〈等待──悼八掌溪四名不幸罹難的工人〉、嚴忠政的〈國策〉都是就八掌溪事件而寫。在作品中，我們可以找到關於現實狀況的描寫，並且是用比喻與象徵的語言，指陳此事件的失誤原因與荒謬之處。這些狀況，新聞報導也許都已播報，甚至一再重複，但是只要新聞熱度一過，保證大家只剩下支離破碎的印象，更可能逐漸淡忘。因此寫實不只是白描、吶喊，也應該加以藝術的處理，成為詩的語言，

才能夠經過時間的考驗，為這社會留存永恒的正義之聲。再進一步看，〈等待〉這首詩用（你們還在等待）的括號形式締造韻律感，最後以（你們不再等待）結束全文，這樣的逆轉，相當能夠引發我們心中的憤怒與哀傷，使形式和內容具有完美的結合。〈國策〉徵引莊子「尾生抱柱而死」的典故，並且把原文句子「信如尾生／期而不來／抱樑柱而死」作為引言、夾注之用，表面上呼應溺斃的事件，實則深具諷刺意味。如是，透過藝術手法的處理，更能促使讀者深度思考。

寫實的詩不僅紀錄現實，也應有喚醒記憶的功能，讓詩成為這社會的良知良能，時時提醒歷史的印記，以便瞻望未來。

「九二一」地震過去了，但是傷痛與憾恨仍在，廖永來〈刻在天堂的證書──為九二一震災罹難的應屆畢業生而寫〉告訴我們，災難會過去，詩的懷念卻永不停歇。類似的，路寒袖為盧修一而作的〈溫馴的背影〉，也提供我們這樣的視角。當眾人「起風緊咧搖／無雨緊過橋」，隨波逐流時，一個有理想而又理性溫和的人，是應該被放在歷史的顯著地方，不應被人遺忘。尤其，當黨外變成執政，當許多人都期待論功行賞時，詩人正是用他的筆為此理想人物造像、加冕。政治是現實的、善變的、短暫的，唯有文學藝術，唯有詩，才能夠刻劃典型，留供後人雅賞。

二、寫實的姿態

諷刺，是寫實詩的靈魂。諷刺的語言，可以挑逗現實的不合理、矛盾、對立等複雜的情況。莊金國〈一個偌大的中國〉就台灣政治現實寫，令人會心一笑的是詩中指出，

台灣土地上的中國地名滿街道，「一個高雄即擁有／半個中國」，這兩句詩是語言的遊戲，也是政治的角力。這首詩共十九行，不長，但環繞中國／台灣的意念發展，時常顯露上述的機趣，十分討喜，略有瑕疵的是末四句流於散文化，比較不能凸顯「台灣之子」的力量，「其父母」的用法也顯得拗口。而岩上〈兩極半世紀〉則是運用對比手法，讓往昔的貧苦與今日的奢華形成層層對照，對現實的媚俗現象有所嘲諷，對回憶的虛空也有所喟歎；「斷層五十年」因而成為這個時代，舊人類共同的心聲。這首詩長句很多，而且句意不易分割，如果嘗試散文詩的形式，也許有不同的效果。

　　鄉土的題材，允為寫實手法的最大場域。但是寫實之外，一定要有象徵的意象、語言，才能夠烘托那關愛鄉土的情感。例如詹澈〈蘭嶼素描〉三首，分別描寫蘭嶼的特產紅梗水芋、原生蝴蝶蘭與泥偶，這些作品不是用來「觀光」的，而是用文字去貼近蘭嶼原生植物與原住民的身世、形象；光是原生蝴蝶蘭的白色，就用了十多種「白」的譬喻作對照，詩末云：「有根的蝴蝶，永生的蝴蝶／逝去的都飛回來／飛回來的都生根」可說十足彰顯了鄉土的精神。

　　得到「夢花文學獎」的〈回家的路〉與〈有一雙腳，離開我的城鎮〉二篇，則是用敘事的技巧來烘托寫實的主題。有什麼比「火車」更能載運台灣人的鄉愁呢！〈回家的路〉特意用「鏘鏘鏘鏘」的聽覺塑造火車行駛的場景與氣氛，窗外流過的水田、菅芒、菜園，正是火車遊子熟悉的景象。第二篇的竹籬、水溝和甕菜園，甚至垃圾堆、里長手中的選舉單，也都是我們一眼即可辨認的台灣鄉土「文化」。而類似這些意象的匯集，也就加深了作品中的寫實色彩，但是〈回

家的路〉錯落的排列形式,以及後者「有一雙腳,離開我的城鎮」這般突兀的篇名與視角,卻是故意用來打破那寫實的框框的。由此也可知,寫實,其實也可以有各種姿態。

三、抒情的國度

在抒情的國度裡,青春、愛情、夢與詩,都是詩人反覆歌誦的題材。然而對於青春的賞玩,對於愛情的眷戀,最後終將指向對「時間」的思索。時間啊時間,時間才是這些美麗事物的主宰者,引發詩人的詠歎。李魁賢〈五月的聲音〉:「時光和浪漫的春雨一樣/傾瀉後就悄悄流失」,何光明〈撲〉:「我展書夜讀/那一頁頁都是你青春的記錄/……像年老趴在年輕身上的同一張書桌」訴說的,不正是這種情懷嗎?莊柏林〈苦楝花開在彩瓷上〉雖是題辭,但藉著彩瓷上的苦楝花,也興發了「春天易逝」、「花是不是/為了凋謝而盛開」的感悟。撥開修飾的辭藻,時間,才是無盡迴旋的主題。

情詩易寫難工,要含蓄,也要適當的披露,才能畫龍點睛,揭示愛情中的酸甜苦辣。陳怡瑾〈病〉,巧妙處在於結尾的兩行:「自你走後/我病了」,使人恍然大悟,前面所說的,原來都是為此而病。這首詩渲染相思疾苦,意象統一,都是病狀;但瑕疵也在此,略嫌單調,說得太實,也失去相思病的朦朧之美。沙穗〈寫在風中的情詩〉共有四首,每首都就「髮」而發揮,饒富情韻,是很能打動人的情詩。詩中說:「當我發現她第一根白髮/除了撫摸/又能如何?」頗有「白髮吟」的深情。但有些句子的淺白,則已到警戒線,如「不必說什麼/都是沙子的錯」、「吹拂過 必將留下痕

跡」，類此句子，稍不留心，都很可能流於俗套，反而破壞作品的美感。

蔡豐全〈幽夢影〉的語言綿密，大多數的句子都飽含暗示與想像，意境也十分優美。只是，在典雅的詞藻中，偶爾放置新科技的名詞——寬頻、虛擬，顯得有點不搭調，也感覺不出如此拼貼的作用與效果。這首詩整體來看是很美、很古典的——愛情不也是如此嗎？能夠觸動靈魂翅膀的，是愛情的本身，而不是冰冷的科技。

四、形式的超越

用寫實的抒情作簡單的區分，當然是比較功能取向、主題取向的。有些詩使我們感興趣的，可能是它的形式。

碧果〈異形梯子〉文圖相得益彰，是十分超現實的作品。人蛻變為梯子，這樣的主題思想，涉及「存在」的思考，有豐富的內涵可以挖掘。不過，我們還是先看它的形式。此詩共有七段，排列形式大體以中間的第四段當骨幹，句子比較長，而左右兩半的句子大多是短句。短句造成停頓、斷裂的效果，也使意象更加鮮明。而第二段較長的兩行，顯然是為完整呈現斜斜靠牆的梯子的形象，最後的「梯子。」一行三字獨立一段，則是要強調人蛻變為梯子的主題。這首詩的思想奇特，也用奇特的形式迫使我們去思考。

近來時見「俳律體」的新詩作品，這兩行自成一段的寫作形式，可能是排比式的，如隱地，〈換位寫詩〉；也可能是因果式的，如林德俊〈新詩暴力城〉；因為句子組成的形態不同，詩的趣味自然不同。隱地的詩共四段，每段的句型相同，故稱之「排比式」，因為句型整齊而產生節奏感、韻

律感。林德俊的詩有兩首，主題是在談創作，用「文字」當做詩的材料，加以馴服，甚至不避諱血腥暴力的場面描寫，故云「新詩暴力城」。作品採用兩行兩行的形式，是結構上的運用，藉此推演全文，造成一波推送一波，流暢和緩的感覺。而每兩行之間，是一個意念的表達，著重上下文的因果關係，不強調對仗、對比的作用。這組詩已具有「後現代」寫作的企圖，但以「單人馬戲班」較精準。

　　散文詩、小詩也是詩人磨鍊技巧的道場。楊潛〈詩，嵌在夢裡的散篇〉屬散文詩的作法，除少數句子是文言式的〈如「渙然交織」、「欣饗玉珠」〉，略顯突兀之外，整體的情韻還算掌握得不錯，不過散文詩仍然可以有更大的空間去嘗試，譬如戲劇化的手法，就很能增加作品的張力。蕭蕭的四首小詩，至多不過四行，很符合「小」的觀念，但是小詩更要「小而美」、「小而精」，才能凸顯作者的功力。〈不一定不隨風飛〉題目看似玩笑，但內文三行，對枯葉隨風而飛的詮釋，就很令人玩味：「枯葉不曾特別下決心／所以隨風／飛了起來就飛了起來」，枯葉沒有下定決心，是自由心性，還是意志不堅？該譴責還是讚美？題目又冠以「不一定不隨風飛」，更是在突兀之中，激盪出各種想像的可能，優秀的小詩作品，近禪，引發無限的思考。

　　還有一些作品未被討論：劉延湘〈後窗寵物〉、鯨向海〈破曉式〉與〈夢的擷拿〉、潘仲齡〈星空〉、李長青〈詩人節〉等三首、洪正壹〈男人〉、吳易叡〈藉口〉、劉益州〈雨來小城〉、王宗仁〈探視某獨居老婦〉、離畢華〈春潮月影〉與方群〈長春藤〉等，我必須把他們附記在這裡，以待另一位或我自己下一次的評論。因為我不想一方面批評社

會的健忘，讓這些作品喪失被解讀的機會。每部作品，都在
等待它的知音。

──二〇〇〇年八月十一、十二日，台灣
日報副刊

風土、風味與風情

——二〇〇一年十二月份《台灣日日詩》讀後

　　十二月份的《台灣日日詩》，台灣風味十足。玉山詩、台語囡仔詩，使我們享受了在地的詩情歌韻，在歲暮冬寒之際，倍感溫馨。

一、玉山風情

　　以詩歌描寫故鄉風土，淵源甚早。即使是近代古典詩歌也常見這類作品，例如清朝以來，台海兩岸文士常藉著〈竹枝詞〉歌詠台灣風土，「臺灣八景」、「鳳山八景」、「滬尾八景」等「八景詩」的組曲，更是令人吟賞喜愛。台灣風景秀麗，而被稱為台灣第一高峰的玉山，山形挺拔俊秀，森林資源豐富，以詩歌禮讚玉山，誰曰不宜？《玉山詩集》或許正在籌備中，但這裡所刊登的多首玉山詩，也可讓我們先睹為快。

　　先看莊金國的〈塔塔加〉。原註告訴我們「塔塔加」在布農語即是指水鹿滑動的痕跡，而鄒族人把玉山稱為「八通跨弩」，意為石英之山；整首詩也是由這兩族的追逐戰寫起，水鹿、雲杉的出現，點綴了原野的氣息。在尊重原住民文化的呼籲下，我們每踩在一寸台灣的土地，都應該嘗試去了解它的原始面貌與名義；這不是矯情，而是我們了解其它族群的徑路，詩中的雲霧、山脈、溪流、谷地、平原，是實寫，也是虛寫，因為作者賦予它的意義是「一幅細緻的、／

複雜的骨肉山水」，象徵了台灣島上多元族群文化與共同的歷史命運。

康原的〈愛，佇玉山〉篇幅頗長，是一首台語詩。第一段寫著登玉山賦詩的緣由，只是玉山很神秘，躲在雲霧中，千呼萬喚始出來，直到詩的第三段才露出美麗的真面目。在等待的時刻，也就是詩的第二段，作者從「是按怎？玉仔會變成山」寫起，道出玉山的命名由來，它的「玉」字，正說明它有如玉般的潔白晶瑩，也有如玉般的堅強貞定。作者是這樣說的：「白雪崁頂的汝／日頭光照著汝面／閃閃熾熾親像玉仔的色彩／玉山是汝　玉山是汝」，以及「汝堅強的個性是台灣人的志氣／公理佮正氣咁會使袂記？」這幾個句子，都可以證明這個觀點。而本詩的最後一段，也是提出多元文化的呼聲：「水鳥風雨蟲演奏南曲北管／有時嘛會唱歌仔戲佮山歌／和諧的布農八部聲調／逐家唱出玉山是台灣的名」，有了這樣的認識與和諧，才能達到「阮惦在山的頂頭／揣著甜甜蜜蜜久久長長的愛情」。

二、玉山詩的冷與熱

當政客以省籍為題大作文章時，我們看到詩人其實已經在詩中發出誠懇的呼聲：台灣之名，以及它的內涵，都應該如玉山之包容廣袤，才能開拓未來的命運。

拋開政治的解讀，玉山在詩人筆下又是怎樣的面貌呢？劉克襄〈玉山登頂〉、吳晟〈一座大山〉、陳義芝〈冬日玉山〉三首詩很值得欣賞。

這三首詩的共同點是，把玉山的景致作了細膩而詩意的描寫。雲霧、煙雨、山羌、水鹿、冷杉林、碎石坡……等，

這些意象塑造了冬日玉山的自然景觀與氛圍，高地的氣候、林相、生態，一一呈現在我們眼前。所不同者，劉克襄以山頂肅立的岩鷚為譬，山鳥的神情和習性，都值得我們學習，那是：「學習龐大和開闊／以及更認識自己的渺小」，並且「懂得和流動的雲霧對話」，「懂得和冰雪交談」，懂得和自然的一切和諧親密地相處，終於連成一波一波「長長遠遠的山巒」。這裡，顯現的正是人與自然，物與物之間融合為一的思想。吳晟則是要我們靜穆聆聽，雲杉鐵杉的年輪，以及台灣島嶼最高峰的身世；在他的眼中，台灣島仍是那麼年輕：「聆聽一滴一滴雨水／溫柔灑落生生不息的大地／在島嶼年輕的體軀內／血脈般奔流」雨水和土地，二者本就關係密切，雨水滋潤大地，如同血脈奔流體內，這一層譬喻真是貼切無比。陳義芝的詩企圖超越世俗，因此全篇以「仙人種田」為喻，高山雲霧氤氳，確實容易給人仙氣飄飄的聯想。只不過這裡不見「巫山雲雨」的浪漫想像，而是指向「滄海桑田」，「仙人種田」原是指時間的變換啊！直到詩最後說：「仙人只管種田／種出史前石器的蹤跡／黑熊帝雉的孑遺」才把時空拉回玉山歷史與現實。

　　此外，李魁賢的〈玉山絕嶺〉與須文蔚的〈玉山學第○章〉則顯示「冷」與「熱」的對比。

　　李魁賢把自己化身為玉山，點明玉山孤高、冷靜的形象。「我堅持冷／靜我內部岩層的／世界，我獨立／在喧囂的紅塵外」這是詩的第二段，把冷靜二字分列二行，在音韻上有突出的效果。「喧囂的紅塵」自然是熱鬧騰騰的，和第一句的「我堅持冷」有強烈的對比。

　　須文蔚詩的副標題是「走進玉山時請關手機」，令人會

心一笑，這是新時代新文明和大自然的扞格。而詩中歷數電腦主機、電子郵件等科技名詞，和鐵杉、松蘿、高山芒、針葉林也形成對比，可歎的是，在雲深不知處的高山峻嶺，手機仍然響個不停。身在此山中，而心繫紅塵俗務，我們該說科技太發達，還是玉山空氣太寒冷？「突然／一群登山客的手機在塔塔加鞍部上咳嗽起來／埋怨著過早降臨的寒流與冷雨」詩的最後，有著這樣的揶揄。

三、台灣風味

　　「甜　甜　甜／冬　至　圓……過新年啊／過新年」這是楊焜顯的〈過新年〉，以押韻的形式，幽默的口吻，寫出從冬至到過新年的歡喜心情。詩中二十二歲的我，和八十二歲的阿公有著淳樸深厚的祖孫情誼。傳統民俗與民風，應是台語詩可以致力的地方。

　　黃秋芳的〈蜈蚣〉、康原的〈小水鴨〉，也都是以台語寫成，讀起來感覺樸實又可愛。〈蜈蚣〉詩寫多腳的蜈蚣想要穿鞋逛街，穿脫之間，趣味橫生。用「龍絞水」稱龍捲風，展現方言的靈活，音義兼具。〈小水鴨〉詩形容母鴨「一搖一擺真可愛／尚驚乎人掠去郎」，乍看十分驚人，但整首詩其實富有鄉土俚俗色彩，我們不妨回想一下，在鄉土的語言中，「不知死活」、「汝著知死」這類「死去活來」的用語，其實是誇張大過其它意義的。因此例如詩的第二句「毋知死，勿驚拍」，也都是在直率的語言中，顯現一種樸拙的鄉土氣息。

　　秋雨水的〈阮若轉去故鄉兮時陣〉是一首鄉愁詩，台語寫成，篇幅長達六段四十三行。大稻埕、土地公廟，構成了

詩的鄉土背景；娘仔絲被、菜脯卵和烏松汽水更深化了鄉土的記憶與情味。詩中慈愛的阿嬤，也令人印象深刻。大多數人童年的回憶中，總少不了這麼一位長輩吧！因為她的慈祥體恤，使我們的童年更有溫情，儘管那也許是相當困苦的歲月。

　　不過這首詩真要仔細讀來，也有不少語言文字上的障礙。這可能是台語詩的共同困難。怎樣找到合適的字詞來表達意思，這是台語詩寫作上的極大挑戰。我們樂於看到，每一首台語詩，都是語文的最佳試驗，直到臻於成熟的境地。

　　游喚的〈糯米師——吾島列傳之一〉雖不是台語詩，但他所塑造出來的氛圍，仍使我們感覺鄉土的味道。虎拳土拳，師父徒弟，充滿了江湖買賣的傳奇色彩。只是如詩中所言：「沒有馬騎的近代鄉土」、「鬢白如故鄉的雪／糯米師到底祖籍何處／這問題比虎拳土拳更難考證／糯米師真的只剩下拳腳與影子」，鄉土，也可以是令人感歎的名詞。或者必須像林明德的〈澎湖印象〉，在傳釋民俗之美時，看見聽眾閃亮的眼睛，引發「重現澎湖心」的心願，鄉土才能落實生根。而沙穗的〈浮潛以後〉寫綠島，詹澈的〈大船下水〉寫蘭嶼，也都各有動人的民俗與風情。

四、愛與詩並存

　　我們回到現實，把眼光轉向民國九十年的台灣。這一年，九二一地震已過了二年，陳思嫻的〈紀念——記九二一週年〉即云：「孤立蛀蝕孤立／傷口畢竟已經潰爛了兩年」，由此不難體會這首詩的基調是悲傷而憤慨的。又如：「哀悼之後，公祭之後／雲梯自稀薄的空氣緩緩下降之後／我們成

為秋天，惟一／荒涼的紀念品」，「災變肆虐過後／⋯⋯／半旗懸空，政客慣常戴上悲傷的假面」等詩句，都使人為之同悲共感。而這不只是詩韻的吐露，這是我們受傷的土地與人民啊！

再看方群的〈在這不義的年代〉，失去理性的群眾，悖義的同志伴侶，空虛化的自我，不也是台灣社會人心的寫照與警惕嗎？

也許，吳易澄的〈把廣場還給人民〉為我們說出心裡的話，把廣場還給孩童，還給情人，還給運動員，讓一切還政於民，不要政客的叫囂，不要金錢與權力的遊戲；這才是我們想說的。

十二月，冬的季節，歲末的暗示。是故，我們也看到幾首抒情詩，詠歎時間，詠歎雪，而這一切都指向——愛。天地無聲，唯愛與詩並存。

—— 二〇〇二年一月廿日，台灣日報副刊

來去看花佮吟詩

──二○○四年二月份《台灣日日詩》讀後

　　二月的天空很春天，也很政治。一方面是農曆立春後的生機盎然，彰化的花藝博覽會吸引了眾多的人潮；一方面是總統大選起跑，而壓軸的「二二八」，更牽動全臺灣的神經網絡。那麼，詩人之筆將如何描繪這二月的圖像呢？且讓我們再次瀏覽二月份的《台灣日日詩》。

一、來去看花

　　二月份，整個觀光賞花的焦點在彰化。二月一日，康原〈彰化的歌〉首先為我們敘述彰化開拓的歷史。這首七言四十二句的作品，有著台灣民間「歌仔」的風味，讀來十分親切：「彰化古早叫半線／東爿一粒八卦山」，這是充滿「講古」味道的開場白；「西門長老藍醫生／對咱台灣真有情／切膚之愛來見證／北門醫生和仔仙／抗日攏嘛走代先……勇士應為義鬥爭，為著民主來犧牲」，這是人文的風情，以詩證史，留存彰化人的義士之風。

　　接著，十二日，林武憲〈來去彰化〉以流暢輕快的語調帶我們享受彰化的美景美食：「今年的春天，彰化特別媠，……你看──田尾的花，社頭的襪子，／鹿港的雕刻，龍山寺佮糕仔餅，／彰化、北斗的肉圓，／員林的鹹酸甜，／會予人流嘴瀾。……擱有戲曲館及演藝廳，／食飽飽，看飽飽，／看媠食好聽嘛好。……彰化的春天，今年特別媠，／請您

來去彰化看花」，像數來寶似的，把彰化的物產之美羅列在我們眼前，鹿港的雕刻、龍山寺、戲曲館等，尤其增添人文的色彩。這首詩讓我們讚賞的，不只是內容的豐富，它的句法活潑，整齊中有變化，讀起來可以朗朗上口，令人喜愛。

有幾位詩人也捕捉了二月的春訊，對我們訴說春天的感覺。例如詒旺〈春之口袋——新年俳句三首〉的〈閃耀之暖意〉：「裙腳和靴口之間／一小片雪地／新年之街光滑如糕」，對春雪與白淨的肌膚有著詩意的想像；潘仲齡〈天上有口鐘〉：「一聲，一聲／一聲一聲一聲／像是千萬人在行軍／搶著去敲一口鐘」，這樣的開頭暗藏玄機，原來這一聲聲的鐘響就是春雷的聲音，大聲宣告春天的來臨。離畢華〈春日練習題〉句子寫得緊實，例如：「在冬天最後的一艘雲從天岸之渡頭駛離」，「一艘雲」的意象和造語都很美；又如：「那誰的眼珠鎬鎬然表情達意，／以為蕨類根部從來不曾體會柔軟／一如泉音一如春泥一如／幼嬰聲啼」，以否定句反詰，其實正指出春日蕨類的柔軟，與泉音、春泥、幼嬰聲啼的意象溶合，點出了春天的溫軟氣息。

詩人的感覺是敏銳的，當大地回春，百花盛開之際，詩人怎能視若無睹呢？自古至今，歌詠春天的詩詞不知凡幾，當詩人熱情喊出：「來去彰化看花」，一篇篇春天的詩，代表台灣詩人又為詩歌的花園，栽種一株株美麗的花叢，令人心生歡喜。

二、政治與現實的複調

一年之中，二月最短。偏偏在那年的「二二八」，有許許多多的生命也被草率地畫上休止符。這歷史的傷痛，使往

後每年的二月，都隱藏著哀怨的曲調，五十多年了，亡者已矣，「未亡人」猶未亡，如果詩意的告解，可以稍加安慰，我們確實需要更多的詩歌來紀念「二二八」。

試看二月二十八日刊登的呂美親〈未亡人──記訪二二八受難者家屬〉一詩，全文藉由「未亡人」的口吻，述說被採訪以及墜入回憶的心境。經由一張黑白相片，「未亡人」勾起傷痛惋惜的情緒，但語氣仍保持平靜哀婉，使人更感覺那痛苦是深沉的，無法以任何言語來形容。詩中寫著：「（您）問起汝的身世、汝的行蹤，問起日夜交替無味的彼幾工，咱的城市渚著偌重的紅，猶閣怎樣退色。」，以一個「紅」字，代指流血事件，實令人讀之怵目驚心。而相片裡的兩人是：「您閣來，看著黑白相片內面，汝的笑容恰汝身後的風景，停睏佇少年人青份的熱天。」似是一張兩人出遊的合照，想必也記載著二人最青春甜蜜的時光，而這份幸福永遠只能留存在心中了。

詩的最後：「您來，親像來聽我唱曲。即塊曲园佇心肝上底層，真久攏毋敢放送。阮嘛無愛唱kah退悲傷，只求恰歷史全調。阮是汝的未亡人，未亡，為著見證。」在在說明了「未亡人」心中的幽怨，她也不想如此悲傷，也想和歷史同調，試著淡忘與原諒，但「阮是汝的未亡人，未亡，為著見證」，必須為亡者洗清冤屈之後，「未亡人」才能真正了卻心事。

「二二八」事件已逐漸獲得現實的補償以及歷史的澄清，然而，「未亡人」暗夜裡的悲吟，又有誰可以真正體恤？呂美親的作品以女性的角度來寫，應可為「二二八」的歷史與詩歌，增添新的一頁。

　　再看李長青〈二十八日，在二月〉一詩，他採用遠距離的角度描寫「二二八」，以槍聲的再現拉開歷史的序幕，雖然他只是透過一些剪報閱讀，但「那一聲槍響，曾經疾速而清楚／似乎就在我的耳邊爆裂／我的臉頰，我的皮膚，我的髮根／都已攪拌在模糊的呼喊之中／和成一團／蕭穆的色塊」，這便是詩人的敏銳之處，在想像之外，更有著同理、同情之心，具有悲憫的精神。「羸弱的鉛字／擁有厚重的靈魂」、「我在圖書館裡／閉上眼睛，安靜傾聽冷氣莊嚴的聲音」，這些句子，也是莊嚴而有重量的。

　　除了對「二二八」事件的回應之外，詩人對社會現實的諷諭與批判一向都是不遺餘力的。這類作品，例如陳千武的兩首詩〈鄉愁〉、〈現象──即物主義的詩〉都表現了他對「福爾摩莎」堅定的看法，何光明〈銅像〉則是在諷刺權威體制與人物，呂美親另有一首〈慢舞〉，對社會眾生相有生動的描繪，但無疑都指向現今社會的無奈現象，老人、老師、□□族、流浪漢、學生等，都有他們一成不變的生活模式，但要不是被扭曲變形，便是對未來感到茫然。

　　此外，還有對目前流行疾病的引申，如林廣的兩首詩〈禽流感三行〉、〈流感〉，藉描寫疾病而隱喻自己的邊緣身分：「我是多病的遊民／一直被隔離在只有／黑夜的世界」（〈流感〉），對於疾病書寫別有意義。而廖大期〈冬日的高美濕地〉係描寫台灣西部海濱生態，但其主題也在控訴垃圾和海渡電廠的開發，造成環境污染與生態問題。這些詩從不同角度探觸台灣的現實社會，構成寫實的意義，啟人深思。

三、詩意的安居

　　二月份的《台灣日日詩》還顯現一個特點，那就是「非台北」的書寫——就住在台北的筆者而言，這類作品是很有意思的，它們顯現了更細緻的地區性，是台灣文學值得拓展的一個領域。例如許齡之〈記憶的金戒〉，藉一個失憶老人的眼眸，投射出一個「圈戴著南台灣陽光」的少女形象，少女戴著這只南台灣陽光金戒，風箏似的飛向北鄉，而留下老人獨自在家鄉想念著她。北鄉或許就是台北，但在這首詩中只是客位，南台灣以及它耀眼的陽光才是主體。

　　又如陳雋弘〈夢裡——二十歲經過從未謀面的出生地有感〉，寫的是對出生地高雄鳥松鄉的印象，雖然他感歎：「長長的二十年／不小心我又走回了夢裡／夢裡是一個村／在高雄縣，鳥松鄉／松有多老／鳥又要飛往哪裡呢？」但這個原鄉之夢是「非台北」的，它結結實實建築在南台灣的一角，雖說是「從未謀面」，但已是生命底層的記憶了。而凌晨訊〈來台中的第三個禮拜〉寫得也很溫馨，詩中的我離家到台中上班，透過她的觀察，呈現福星公園的晨景，也帶出母親對她的牽掛關愛。這首詩，將來也可能成為台中文學的一個註腳。

　　其他作品中，夢與城市的書寫也不少，如呂勳澤〈夢〉、黑俠〈城市極光〉等。歐陽柏燕〈人間本色〉詩中，有「擁抱彼此未完成的夢／假裝陪伴流星一起流浪」的句子，刻畫在情欲的糾纏後，有個甜美的願景。方群〈家電五首〉，雖不以都市為題，但這些文明產物，它所反映的仍是都市生活的疏離。

　　無論詩人用什麼角度看現實，他們永遠有一個內在的詩
的世界。這是一種「詩意的安居」，超越現實，建立自我，
在文字的世界尋求永恆。李長青〈心意〉表述的正是這樣的
「心意」，在他筆下，花朵、雨點都有它們自己對大自然的
體會，而詩人的體會是：

　　詩人一早醒來，已經是宇宙／很晚很晚的時刻了／
　　去年寫好的那一首詩／還完整保存著，在時間之流
　　／在洪荒之間／他靜靜享用自己／單純的心意

在熱鬧激烈的總統大選來臨前，我們不妨靜靜享用每位詩人
為我們帶來的「單純的心意」。

　　　　　　　　　　　——二○○四年三月十九、二十日，台灣
　　　　　　　　　　　日報副刊

現代山水詩

──尋訪詩人的心靈原鄉

　　山水詩是中國詩歌的重要傳統，詩人藉模山範水，以達到興情悟理的主題。晉朝的謝靈運是山水詩的鼻祖，陶淵明的田園詩也有近似的旨趣。山水詩傳達了傳統士人在仕宦之外的人生經驗，謳歌自然之美，體悟自然之道，同時也帶著回歸田園的嚮往，建構其心中的桃花源。

　　在審美的典型上，山水詩是接近道家美學的。當詩人描繪山水的形色之美，透露徜徉其中的樂趣，同時也就企圖呈現道家「物我合一」的境界。這個主題，在現代詩裡仍然隨處可見。登山觀海，乃至溪湖小丘，都可能寄託詩人對宇宙自然的感悟。例如鄭愁予的山水詩，早期有〈五嶽記〉二十首，刻畫台灣山岳之美，近期〈寂寞的人坐著看花〉等作品，則以更洗練的文字與情境，點出「擁懷天地的人／有簡單的寂寞」，這是一種超越生死的冥想，充分體現了莊子「上與造物者遊」、「獨與天地精神往來」的意境。

　　以都市詩聞名的羅門也寫過多首以山、海為題的作品，在其獨特的觀照下，夜裡的山蘊藏了這樣的神奇：「太陽已睡成岩層／河流已睡成根脈／鳥聲已睡成金屬」（〈山〉），這是超越世俗與自我的存在，也和道家精神相通。以禪意見長的周夢蝶，其〈朝陽下〉、〈行到水窮處〉等詩，也都顯現了生之喜悅，尋道、悟道的感動。洛夫〈隨雨聲入山而不見雨〉，藉著訪山尋雨的過程，表露了對人生的領悟。類此，

都可視為道家精神的展現。

　　此外，從蓉子的若干作品，也可發現山水詩寧靜悠遠的意境。其〈回響〉、〈橫笛與豎琴的晌午〉等詩，雖不以山水為題，但個中所述，正是山水的優閒恬靜，在山光水色中，流露閒雲野鶴般的淡泊情性。遠離塵囂、親近自然、空靈妙悟，是為山水詩對人們的最大啟迪。

　　山水落實到現實世界，便成為對鄉土的關懷。對於腳下這塊土地，現代詩人無論是土生土長的，或隨政府播遷來台的，大多數人都寫過台灣的山水。從幾個大詩社的詩選集裡，不難發現這類作品，這些「點」的聚集，譜出現代詩人對台灣風土的禮讚。

　　現代詩人以台灣的山水為題材，可酌分四個現象來看。一是透過故鄉山水，呈現詩人對成長記憶與故鄉田園的思慕、嚮往，此可以夐虹對其家鄉台東的眷戀為代表，其〈台東大橋〉、〈卑南溪〉、〈又歌東部〉等詩，將東部自然環境的峻拔險惡，與人情的溫暖淳樸描繪得生動感人。楊牧〈花蓮〉、〈帶你回花蓮〉，在山風海雨之外，也有濃厚的鄉土之愛。

　　其二，為故鄉田園發出不平之聲，哀歎家園的凋敝：如吳晟《吾鄉印象》所寫，廣大的農村田園，其實已是個鳥不語、花不香的凋零世界，迥異於傳統「農家樂」的田園意趣，這是工業文明之累，詩人很誠實地寫下這一章變奏。

　　其三，大陸遷台作家藉此以顯示其認同斯土：此以余光中為代表。余光中早期寫過〈鵝鑾鼻〉、〈西螺大橋〉等詩，但和他寫長江黃河、江南蓮鄉的情感顯然是不一樣的。直到《夢與地理》出版，他定居高雄，才更加肯定台灣的斯

土斯情，這本詩集讓我們看到南台灣風物之美，和詩人誠摯的用心。

其四，原住民為這塊土地發出的聲音，也不容忽視。由於族群弱勢，原住民的山水詩是一首悲歌，充滿憤怒哀傷的音符。排灣族的盲詩人莫那能〈失去青春的山〉，一方面回味青春年少，流連山林的歲月，另方面則感歎山林被砍伐，被慾望掩埋的悲劇。泰雅族的瓦歷斯・尤幹《想念族人》以系列的詩作，寫出原住民的今昔處境。跟著他的字句，我們彷彿穿遊於群山峻嶺，聆聽山神的呼喚，體驗神秘奧妙的原始謳歌。讀〈散步八雅鞍部〉便有這樣的喜悅。但大多數作品，如〈在烏來〉、〈庚午霧社行〉等，仍然透過風景人文，揭示原住民的歷史文化被商業污染、操控的悲情。

一九八七年開放大陸探親之後，台灣現代詩裡也出現相應的作品。在此之前，大陸的山水，是古典的、文化的中國，同時也是部分詩人少年生活的珍貴記憶。二者揉合在一起，形成相當特殊的「中國結」，也是敏感的詩人無可規避的衝擊與反省。不過大多數感懷傷時，體會人事滄桑的作品，多就事抒情，少用山水詩的形式出現。山水，在這裡化成了遊記，如張默《落葉滿階》就收錄遊歷黃鶴樓、巫峽、黃山等地的作品，藉此懷古、詠史。而洛夫〈出三峽記〉末段：「不料前面又遇上西陵峽擋道／我盡量把思想縮小／惟恐兩岸之間容不下一把瘦骨」，則意在言外，有著現實上的諷喻。

山水詩之外，詩壇有所謂都市詩與生態詩。其主題訴求雖有差異，卻不妨視為山水詩的變貌，比前述吳晟式的作品，更強烈反映都市文明對原始自然的戕害。如羅門〈玻璃大廈的異化〉：「將風景一塊塊／冷凍在玻璃窗裡」，正說

出人與自然的疏離，山水變形為玻璃大廈、水泥森林。「鳥
人」劉克襄的散文詩〈美麗小世界〉、〈小熊皮諾查的中央
山脈〉等，則描繪了本土飛禽野獸的生態，並且與自然山水
結合，寫下台灣山林溪流的輓歌；人為的砍伐污染，正是其罪
魁禍首。這些深刻的省察，固是山水詩的變調，不寫其美，
反揭其醜，卻在在顯示對自然山水的渴求。也更加證明，山
水詩既古典又永恆，是人們心靈的原鄉。

—— 一九九七年六月五日，中國時報開卷
版

桂冠與青蘋果

──青年詩人及其作品面向

　　是張愛玲說的吧，「成名要趁早」！
　　是艾略特說的吧，「廿六歲以前，每個人都是詩人」！

　　如果前句話是充滿世故的天真，後一句則是帶點兒感傷的浪漫。不過，就詩人這個行業來說，二者之間，似乎也可能達到和諧。君不見，當今文壇文學獎嶄露頭角的，多的是三十歲出頭的年輕作家，而每個世代，總有那麼一群「少年十五二十時」的文藝青年，努力用文字表現自己的存在，向世界吶喊：「我在這裡」──其中，又以詩人居多。

　　想聽聽他們的聲音嗎？有三種途徑可循：

　　在三十歲及三十歲以下的青年詩人群中，浮出檯面的，自然以曾獲文學新詩獎桂冠的，最受人矚目。唐捐（一九六八年生）、陳大為（一九六九年生），二位可說是佼佼者。而女詩人顏艾琳（一九六八年生），得獎經歷雖不如前二者輝煌，但其詩風獨特，也不容忽視。

　　其次，校園社團是文藝青年的大本營，結社出刊也是詩人重要的傳統，因此各大學新詩（或文學）社團，也是搜尋青年詩人作品的途徑。以坊間書店可得者，有臺大詩文學社《迷詩──一九九八年度作品選》、成功大學詩議會社《純詩》、東吳大學白開水詩社作品展，見《臺灣詩學季刊》十三期、東華大學東華文社《中間文》集等；而跨校社團植物

園詩社則有《畢業紀念冊——植物園六人詩選》。想必還有更多校園詩刊,只是大多數為內部流傳,不易獲閱。而這些詩人,年齡多在二十歲上下,看似生澀的青蘋果,但仔細閱讀其作品,仍有不少佳作。

第三,從最熱門的網路找尋。然而網路上網頁、看板雖多,卻因其匿名、流動的特質,使探查工作格外困難。「詩路·臺灣現代詩網路聯盟」(http://www.2.cca.gov.tw/poem)可能是個極便利的網路,在此站中,可以看到各個世代的詩人資料與作品。例如「典藏詩壇新勢力」版,廣收一九六〇年以後出生的詩人,其中七〇年以後出生的,除前述「植物園詩社」的六人外,尚有丁威仁(一九七四年生),更有最年輕的楊璐安、楊佳嫻(皆一九七八年生)二位,甫滿雙十年華。如果說,今日新人類已邁入N世代(網路一族),應該有更多年輕的網路詩人待發掘。不過,透過網路及平面年度詩選的媒介,代橘(一九六八年生)這位網路詩人倒也受到不少注意。

這些青年詩人雖然發表的媒體不同,但其作品的面向卻有若干共通性。除了遵循古典、優美、溫柔的傳統詩風之外,更令人驚異的恐怕是一些創新、前衛的題材與表現手法。

首先,試看作品與當代思潮的關聯。

女性主義、情色文學、暴力美學……這些後現代社會的思想產物,在他們的作品中不難發現。以唐捐《暗中》為例,其作品想像開闊、意象突兀、氣氛詭異,讀來每每令人「怵目驚心」。在其字裡行間,我們總是冷不防撞上神、鬼、狐、蛇,更經常看見血淋淋的器官解剖;如果說這是鬼斧神工的功力,卻也造成「鬼哭神嚎」的視聽效果。唐捐詩中對

「器官」的凝視與運用，並不亞於陳克華某個時期的作品，但他意不在情色，而在於以生理感覺比附世間萬物，進而挖掘內心深處的潛意識。組詩〈音樂與精神〉可為代表，其三〈心臟隨身聽〉尤其冷酷，當詩中的「我」用手掏出你懷裡的隨身聽，竟是你「生鮮的心臟正隆重地顫動」，由此指出「傾聽自己」的主旨──此表現手法，實在有違常理，而趨於令人驚悚的恐怖手段，但這便是其暴力美學的展現，令人印象深刻。

　　丁威仁的作品〈後現代人類解剖學〉、〈胎鬖・流產〉，也是以血腥、醜惡的語彙構成，藉此諷喻後現代人性的疏離與歷史的殘缺。而代橘的〈五官〉系列之耳朵、眼睛、鼻子三首，則以「我摘下耳朵」、「散在地上的眼睛」、「鼻子是臉上的陰莖」等句子，鋪敘器官的異常狀況，進而揭示出生命、人生與人性的無奈、循環與詭譎。此類作品，閱讀起來不見得令人愉快。但確實具有其獨特性。

　　能夠和女性主義呼應的，自然是顏艾琳的作品。顏艾琳本人並不標榜什麼主義，但從《抽象的地圖》，到《骨皮肉》，她的作品的確漸漸建立自己的思想特色，那是主體性非常強烈、幾乎不曾溫柔婉約、另類的女詩人，《抽》的〈3 in 1〉、〈攬鏡十五秒的心理學〉與〈收音機〉等作品，都可看出其對愛情、人生與世界的看法，《骨》的〈度冬的情獸〉、〈水性──女子但書〉、〈淫時之月〉等，更是情色文學的大顛覆，由一位女詩人娓娓道來女性為主體的情欲心理，不只是「大膽」二字可以簡單涵括，更是女詩人自信自傲的表現。

　　後現代社會是解構的，因此傳統詩作取材於古典、重大事件，表現嚴肅主題的詩學觀念，也被解構了。取而代

之的是取材瑣屑、世俗化、日常生活化的美學風格。這點，於青年詩人幾乎是不成障礙，很自然就寫入詩中。旅行、咖啡館、城市、寂寞、美食⋯⋯諸如此類時興的話題，固然有「為文造情」的現象，但我們仍必須相信，這是屬於這群新新人類的生活經驗。收在《純詩》的〈地址〉（為該詩社網站看板所貼作品，作者Eliot）與〈密封罐・臺北・我〉（作者genemagic），以及楊佳嫻〈單人旅行〉、楊璐安〈麵包店 X 女子的訣別書〉，都頗有創意，而《迷詩》的洪婉瑜〈年度幸福〉，看題目就使人會心一笑，彷彿各種年度詩選、年度冠軍排行版般，揶揄了「幸福」的本質。而楊佳嫻作品中，屢次與當代作家作品的對話，如〈錯簡〉與陳黎〈奧林匹克風〉，〈寂寞的遊戲〉與袁哲生《寂寞的遊戲》，〈頹圮之前〉與朱天心〈佛滅〉等，則衍生新的閱讀趣味，值得注意。

相對於上述現象，陳大為對話的對象則是古典的中國。其詩集《再鴻門》，卷一所收十三首長詩，大都與古老的歷史、傳說有關；同時在結構上，更力求臻於史詩的格局。陳大為可說是年輕一輩中，具有遠大企圖與敘事策略的詩人。其作品寫屈原、曹操、鯀、禹，用意不在重述歷史，而是以反思、顛覆的手法，對歷史發出質疑與喟歎，進而欲重建歷史。他的詩風沉重冷凝、森冷幽咽，與唐捐同屬於思考、內斂型的詩人。

詩的創作，形式與語言的實驗總是引人注目。上述陳大為的長篇敘事詩即是形式的實驗之一。《純詩》所收邱偉寧〈卡文克萊香水—「永恆」〉也是長篇之作，在排列行式上，彷交響樂譜，從〇到十二節，除〇節序曲齊頭式之外，餘十二節都是齊尾排列。《畢業紀念冊》所收楊宗翰（一九

七六年生）的作品，則有多種形式上的實驗，如〈不耳喬啞俱樂部〉，以異於常見的「布耳喬亞」（中產階級）譯名，諷刺人生；〈Y9Z0U42K7SU06294〉更是一大串英文字母與數字的穿插排列，而由末行小字「對一個詩人而言，我認識的字還是太多了。」點出主題。而《迷詩》所收ALBERT〈待季斷季〉每段首句特別以粗黑的【　】框住，則似小說《馬橋辭典》形式的轉用了。

當然，大部分的作品仍然保有詩的本質，有感而發，言之有物。只是古典保守的仍是古典保守，開放新潮的更讓人瞠目咋舌。抒情詩猶是大宗，可喜的是不只是情詩而已，這些青年詩人所關心的範圍，已廣及人生與世界，甚至於反思「詩是什麼」的課題。《畢業紀念冊》裡的何雅雯、洪書勤、潘寧馨（皆於一九七六年生）、林思涵（一九七五年生）與邱稚亘（一九七七年生），都是可以期待的。而《純詩》中的林瑞堂、長廊與黃宣穎（皆為臺大學生）等，也都還有發展的遠景。

世代交替，後浪推前浪。然圍於整個時代風氣，寫詩比寫小說似乎更受冷落。能夠摘下新詩桂冠的，固然值得賀喜，那些躍躍欲試的青蘋果更需要鼓勵，鼓勵他們堅持下去，堅持寫詩一如堅持自我。成名固然要趁早，更難能可貴的是，廿六歲以後，三十歲以後，一直到老朽之年，你都還是堅持「詩人」這個身分。

—— 二〇〇〇年二月十八日，中央日報副刊

新娘與老妻

——男詩人筆下的妻子

自古以來，情詩最易打動人心。但大多數的情詩儘管寫得熱情澎湃、哀怨動人，卻往往不是寫給詩人的另一半——妻子或丈夫，至少不是明白標示「給某某」的。有人說這是因為中國人含蓄，不擅公開表達對配偶的恩愛；也有人以為情詩本來就不須題名，因為「不在場的戀人」才是「永恆的戀人」……

一、古代詩歌中的「妻子」

於是乎當我們檢視中國古典詩詞，發現古代（男）詩人寫給妻子的，以悼亡詩居多：從晉朝潘岳〈悼亡詩〉、唐朝元稹〈遣悲懷〉、宋代蘇東坡〈江城子——悼亡〉以及清季吳偉業〈追悼〉等；「悼亡」幾乎已成為詩人追念妻子的典型。

就女性讀者觀感而言，實為這些詩人之妻感到悲哀惋惜，難道她們生前都不曾博得丈夫的一絲青睞嗎？而如果連「妝罷低聲問夫婿，畫眉深淺入時無」（唐・朱慶餘〈近試示張水部〉）這樣的閨房之樂都用以借喻為仕途干祿之用，「妻子」這個符碼果真空洞、空虛得可憐復可歎！

相較之下，杜甫的幾首詩雖不以贈妻為題，但他在作品中所描述的「老妻」形象與對妻子的思念之情則顯得平易近人、親切有味。例如〈江村〉：「老妻畫紙為棋局，稚子敲針作釣鉤。」〈自閬州領妻子卻赴蜀山行〉：「何日干戈

盡，飄飄愧老妻。」〈聞官軍收河南河北〉：「卻看妻子愁
何在，漫捲詩書喜欲狂。」〈月夜〉：「今夜鄜州月，閨中
只獨看。」等，不管在閒適偏安之中或動亂分離的時刻，杜
甫都很自然的提起妻子，表露他的思念與歉意，或是藉以分
享生活上的喜樂。這些詩因為又與兒女並提，所以也讓人感
染倫理的輝光。

二、最有美麗的新娘

在現代詩人筆下，寫給妻子的詩又是怎樣的光景呢？

如同古典詩詞的現象，如欲刻意尋找題贈妻子之作的
現代詩，實在非常少。所幸楊牧《海岸七疊》的後記透露了
重要訊息（這在楊牧來說，實是非比尋常之舉），此文告訴
我們這本詩集可說為妻子盈盈與新生兒名名而寫。例如〈花
蓮〉一詩寫攜帶新婚妻子回家鄉花蓮，近鄉情怯又充滿感動
的情緒和新婚的喜悅交揉在一起，而後藉故人之口說出：「因
為你是我們家鄉最美麗／最有美麗的新娘」這樣讚美的話，
可說巧妙的融和了妻子與家鄉，同時歌詠二者之美。第二輯
〈草木疏〉卷頭題辭為「盈盈草木疏」，係為初到美國的妻
子撰寫的草木箋注，凡十四首，每首皆以二段各五行的形式
為之，還特地找來圖片，以便圖文相稱。《海岸七疊》可說
是現代詩中，一本相當集中表現婚姻關懷的著作。當然作者
在創作形式上的嘗試也值得更進一步探討。

余光中也是頗注重這方面題材的詩人，而且幾乎每一時
期都有寫給妻子的詩。其早期詩集《天國的夜市》中，咪咪
的眼睛〉即以格律詩的形式描寫妻子咪咪的眼睛，十分俏皮。
而鄭慧如〈余光中的親性歌吟及其文學史意義〉曾指出，余

光中《敲打樂》中有思念妻子的作品五首：〈神經網〉、〈火山帶〉、〈灰鴿子〉、〈你仍中國〉與〈單人床〉，諸作表露強烈的愛欲，營造了令人醉血欲狂的境界，有別於傳統情詩溫婉含蓄的手法（見《臺灣詩學季刊》25、26期）。再以後期《夢與地理》的〈珍珠項鍊〉比較，此詩為結婚三十周年而寫，珍珠項鍊恰與代表三十年的「珍珠婚」相應：「每一粒含著銀灰的晶瑩／溫潤而圓滿，就像有幸／跟你同享的每一個日子。」全篇行文溫和順暢，傳達了惺惺相惜之感。

三、一首絢爛的詩

　　羅門寫給詩人妻子蓉子的詩，多半圍繞在「四月」的意象，因為那正是他倆結婚的月份。〈詩的歲月──給蓉子〉云：「隨便抓一把雪／一把銀髮／一把相視的目光／都是流回四月的河水／都是寄回四月的詩」，後記並說明：「隨著鳴響在妳童時記憶中的鐘聲，在民國四十四年四月四日星期四下午四時，我們一同走過教堂的紅毯；踏著燈屋裡的燈光，走進詩的漫長歲月，我心底要說的都在這首詩中。」可見四月的意義非比尋常，是這對詩人夫婦的婚姻象徵。而由於蓉子為基督徒與詩人的身分，羅門將蓉子比喻為「一支聖潔的歌」、「一首絢爛的詩」（〈曙光──給蓉子〉）；既描寫她的主婦裝束，更讚美她「筆前沉思時美麗的芳韻」（〈給愛妻〉）。特別是詩這份志趣，是羅門一再強調的，也是他倆婚姻生活的重心。〈給青鳥──蓉子──寫在結婚三十周年的四月〉這首詩便傳達了這樣的旨趣。從這方面看，羅門筆下的妻子是較具體的，有著自己的個性，不只是一個符號而已。

　　大部分的詩人寫給妻子的都是單篇，例如瘂弦〈給橋〉、梅新〈水月調——給妻〉，而以寫妻子的手為多；例如秦嶽〈妻的畫像〉一開始就說：「妻的手，是初春暖暖的陽光／拂平了我臉上的歲月」，向明則逕以〈妻的手〉為題，寫出：「一直忙碌如琴弦的／妻的一雙手／偶一握住／粗澀的，竟是一把／欲斷的枯枝」，著重於妻子的手的乾枯粗澀，可見向明已觀察到妻子每日的勞碌，因此詩末自然湧現自覺為「罪魁禍首」的懺悔的言語。

　　比較特別的是汪啟疆的作品〈妻〉，詩中他以妻子的側面為焦點，寫出軍人對妻子的憐惜與歉意：「這是一個側面，我所有讀過的側面中／最最秀麗的一個」「為什麼要去做一隻海鷗……她哭著在海邊」「啊　這淚一直在我的心上流　把我所有的側面都打濕」，這些句子讀起來是相當動人的。而這首詩寫於一九七三年，當時詩人二十九歲；到二〇〇〇年出版《人魚海岸》，收錄〈晨安吾愛〉，此時年過五十將近六十的詩人，依然以溫柔的口吻訴說軍人對妻子的憐愛：在深夜歸來，唯恐驚擾妻的美夢，因此小心翼翼脫下軍服，在床邊、在妻子夢的邊緣，為她戍守，直到她自動醒來，「她會愉悅的掀開自己／她眼睛會睜亮了／整個房間，她會再次閉上／觸及一個最熟悉的軍人的心跳，低聲說／晨安吾愛。」這首詩滿溢「回家」的幸福喜悅，對妻子的深情更是表露無遺。若說軍人有其天職，與妻子注定聚少離多，那麼唯一能補償的，便是溫柔的對待吧。

四、不再嬌嫩的老妻

　　紀弦有〈黃金的四行詩〉，副題為「為紀弦夫人滿六十

歲的生日而歌」，詩中以一貫詼諧的語氣，簡單勾勒妻子由十六歲到六十歲的歲月，流露的是「相對無言，一切平安，噢，這便是幸福」的體會，也感謝妻子的堅強、辛苦，是他歷經狂風巨浪、飄洋過海的安全港口。由此也引發我們的興趣：白首偕老是人之所願，對「老妻」的感謝模式似乎也是現代詩人常見的感情模式，例如夏菁〈下午茶〉（民國八十五年二月一日聯合報副刊），此詩以五段各四行的形式為之，有整齊韻律之美。而描寫妻子在廚房洗杯碟、洗米煮飯，說「她的笑容宛如昨日／而手指已不再嬌嫩」，言語中充滿憐惜與感恩。當他倆相對品嘗清淡的茉莉茶，他更感覺「一生的韻味盡在其中／此刻格外珍惜」。從末段「兩棵半世紀的連理樹」以及詩人已年逾七十來看，這首詩應就是兩人結識、結褵五十年的金婚感言，其溫潤淡遠，猶如一支優美的晚春協奏曲。

　　洛夫〈因為風的緣故〉一詩係寫給其妻陳瓊芳女士的詩（收於《因為風的緣故》），但單從原作實不易看出，須賴最先發表在《聯合文學》（七十四年秋季）的附帶說明才能掌握旨趣。此詩先假設託煙囪寫了封信，然後說我的心意若有曖昧不明之處，都是風的緣故，最後希望妻子「以整生的愛／點燃一盞燈」，因為「我是火／隨時可能熄滅／因為風的緣故」。洛夫自注：「燈熄了，室內一片幽暗，但心中仍有一盞燈亮著，燈中燃的就是由妻以整生的愛所凝聚的油膏。凡是情詩多少總有點騙人的味道，我這首詩太真，不知算不算情詩？」由於詩中語氣給人感覺隨興、漫不經心，的確和情詩的規模有所差距，不過真率是一大優點；因為寫這首詩時的洛夫（自注云寫於民國七十年）也有五十餘歲了，

進入哀樂中年,「風的緣故」一詞正說明人生有許多意外無法避免,因此已經沒有風花雪月的情調。對這樣的愛情觀、婚姻觀看法,恐怕是見仁見智,但洛夫這首寫給妻子的情詩應也可代表某個類型的夫妻相處模式——屬於傳統的男主外女主內的那種,丈夫有發言權,但對妻子的愛不輕易表露;他們知道彼此的依賴與需要,只是從不說我愛你。

　　古詩云:「結髮為夫妻,恩愛兩不疑。」現代詩人應該比古代詩人更勇於表達對妻子的愛,無論是新娘還是老妻,除了無言的感激,平日口頭上的感謝,更應該把她寫進詩裡,給她血肉、面貌和靈魂,讓妻子成為詩中永恆的愛的象徵——而不只是背後那個偉大的(?)女人。

──二○○年十二月三十日,中央日報副刊

淺談鄭愁予山水詩的特色

　　鄭愁予（1933－），本名鄭文韜，河北人，少年來臺，先後畢業於新竹中學及中興大學，曾任職基隆港，於文壇則為現代派名詩人。六○年代末赴美，現任教於耶魯大學。鄭愁予詩兼有現代與古典的丰韻，廣受歡迎。著有《鄭愁予詩集1：1951－1968》、《燕人行》、《雪的可能》與《寂寞的人坐著看花》。

　　鄭愁予以抒情詩見長，其經典之作〈錯誤〉與〈情婦〉等，可說廣受讀者喜愛。但鄭愁予的山水詩也是不容忽視的，尤其他描寫台灣山嶽的一些作品，更處處顯現他對山水自然的景仰與愛慕，體現了詩歌與自然結合的迷人風采。綜觀鄭愁予山水詩具有三種特色：

一、表現「遊心於物」的精神

　　「遊」的精神是莊子思想的象徵，莊子書中常引述「遊」這個字眼，例如：「乘物與遊心」（《莊子・人間世》）、「乘天地之正，而御六氣之辯，以遊無窮。」（《莊子・逍遙遊》）、「吾遊心於物之初。」（《莊子・田子方》）、「上與造物者遊……獨與天地精神獨往來。」（《莊子・天下篇》），學者徐復觀曾說：遊，本作游，有遊戲、出遊、嬉遊的含意，而以遊戲之義，最切合莊子本義。因為遊戲是當下的滿足，沒有其他目的，故與藝術的本

性相合。一個能「遊」的人，方可達到「心齋」、「坐忘」的境界，也就是「無己」、「喪我」的境界，這種境界能實現對「道」的觀照，是「至樂至美」的境界，是高度的自由境界（見《中國藝術精神第二章‧第四節精神的自由解放－－「遊」》）。

　　鄭愁予山水詩大多數作品對於物的觀照，便具有「遊」的精神，而且在想像、比喻的技巧上，都富含「無所為而為」、「當下的滿足」的特質，彷彿萬事萬物，都像孩童的遊戲一般，天真喜樂。例如〈卑亞南番社——南湖大山輯之二〉

　　　　我底妻子是樹，我也是的；
　　　　而我底妻是架很好的紡織機，
　　　　松鼠的梭，紡著縹緲的雲，
　　　　在高處，她愛紡的就是那些雲

　　　　而我，多希望我的職業
　　　　祇是敲打我懷裡的
　　　　小學堂的鐘
　　　　因我已是這種年齡——
　　　　啄木鳥立在我臂上的年齡。

　　這首詩把自己和妻子想像為山中的樹，樹又可比喻為「很好的紡織機」，用「松鼠的梭，紡著縹緲的雲」，彷彿山裡的樹木整天無所事事，只是和雲朵、松鼠遊戲，假裝他們是在紡紗，認真而快樂；又如〈北峰上——南湖大山輯之三〉：

歸家的路上，野百合站著

谷間，虹擱著

風吹動著

一枝枝的野百合便走上軟軟的虹橋

便跟著我，閃著她們好看的腰

而我的鄰舍的頑童太多了

星星般抬走一個黃昏

且扶著百合當玉杯

而那新釀的露酒是涼死人的

（以上二首見《鄭愁予詩集1：1951－1968》，洪範書店，
1979年9月初版）

詩中形容黃昏已過，星星冉冉升高，用的比喻是：「而我的
鄰舍的頑童太多了／星星般抬走一個黃昏」，頑童如星，星
如頑童，他們都在玩悄悄抬東西的遊戲；此外，例如〈馬達
拉溪谷〉形容陣雨：「扮一群學童那麼奔來／那耽於嬉戲的
陣雨已玩過桐葉的溜滑梯了」，形容蘆葦：「愛學淘沙的蘆
葦們，便忙碌起來／便把腰肢彎得更低了」，「耽於嬉戲」、
玩滑梯的雨，以及愛模仿的蘆葦，不都是在玩遊戲，而且樂
在其中。

二、體現「物我兩忘」的意境

　　莊子思想中，「心齋」、「坐忘」為其最高的境界，這
種「物我兩忘」的意境，也就是泯除了人的私心、我執的偏

見，而真正的「以物觀物」，使天地萬物都能和諧共處。在這個境界裡，人是自然的一部份，互不干擾，享受一種清靜無為的寂靜，也就是一種「虛無」的境界。

　　鄭愁予近期的山水詩也展現了這個特色，例如近著《寂寞的人坐著看花》，其同名詩〈寂寞的人坐著看花──東台灣小品之一〉即是最佳的例子。本詩共六段：

山顛之月
矜持坐姿

擁懷天地的人
有簡單的寂寞

而今夜又是
花月滿眼
從太魯閣的風檐
展角看去
雪花合歡在稜線
花蓮立霧於溪口

谷圈雲壤如初耕的圃圃
坐看峰巒盡是花
則整列的中央山脈
是粗枝大葉的

（《寂寞的人坐著看花》，洪範書店，1993年2月初版）

詩的第一段和第二段成為互相烘托對照的情境，山月所形成的廣袤遼闊的意境，唯有此中人可以體會；而月與人獨對，其形體的孤立，乃自然狀態，並無離群索居的蕭瑟，反而是在這孤獨的狀態中，可以擁懷整個天地，體會太古之初的寂寞。在這裡，人的心靈必然是清明的、虛靜的，如同「心齋」、「坐忘」，才能捨棄外在的耳目之明，純粹以心靈去感應天地之道。有此體悟，第三段「花月滿眼」之後的景致，便形成「以物觀物」的觀照，雲如園圃，峰巒是花，「則整列的中央山脈／是粗枝大葉的」，這樣的形容，把中央山脈粗獷、豪邁的氣勢揭示在我們面前，天地之美盡在眼前，而且是大塊文章，遼夐的世界。

　　此詩中，山水美景的描繪已不是重點，體驗天地大美才是首要精神。這種美的體驗，是開闊的，簡單而深遠，是鄭愁予山水詩的最高境界。

三、女性意象與秀美風格

　　鄭愁予說：「有些人描寫山時，將山視為男性，可是我個人描寫山時，往往將山視為女性，因為我覺得我是在山中出生的，山可以是我的母親，可以是我的情人，這樣的寫法將山心化，而由外表去描寫山是將山物化，心化和物化可以是作者兩者不同的心態。」（1991年11月6日中國時報楊明記錄整理「現代臺灣山水文學座談——眾溪是海洋的手指」）

　　於是，我們也發現鄭愁予描寫山水自然時，特別鍾愛女性意象，由此形成秀美的風格。例如〈牧羊星——南湖大山輯之四〉：

雨落後不久，便黃昏了，
便忙著霧樣的小手
捲起燒紅了邊兒的水彩畫。
誰是善於珍藏日子的？就是她，在湖畔勞作著，
她著藍色的瞳，
星星中，她是牧者。

雨落後不久，虹是濕了的小路，
羊的足跡深深，她的足跡深深
便攜著那束畫捲兒，
慢慢步遠……湖上的星群。

　　本詩係以女性意象為全篇主體，極力烘托「她」的輕巧
伶俐，宛若凌波仙子。按，牧羊星應是金星，「牧夫座」，
男性造形，鄭愁予卻以女性形象來想像編織其情感，所用的
襯托，「霧樣的小手」、「虹是濕了的小路」等也都是陰柔
秀美的意象。這或許是鄭愁予在白日辛苦登山之後，趁著黃
昏休憩時，仰望西天彩霞，注視牧羊星的升起，因而引發了
這般的美感想像，使得山勢險惡的南湖大山也有了嫵媚動人
的姿態。
　　又如〈風城——大武山輯之一〉：

漫踱過星星的芒翅
琉瓦的天外想起
響雁的廊子
一手扶著虹將髻兒絲絲的拆落

而行行漸遠了而行行漸渺了
遺下響屧的日子

漂泊之女花嫁於高寒的部落
朝夕的風將她的仙思挑動
於是涉過清淺的銀河
順著虹一片雲從此飄飄滑逝

本詩的第一段用西施響屧廊的典故，倍增大武山的款款風情，彷彿西施女神也登上了山巔，迎風拆散髮髻，髮絲徐徐散落……然後又扶著彩虹，消失在雲端，那情景多麼美啊！柔弱嬌美的西施，為大武山增添了浪漫之美。而第二段係引用銀河織女的典故，清風拂動閃亮的銀河，也挑動了織女思凡的心，因此說順虹而下的，豈不是那雲彩一樣輕盈婉媚的織女？這首詩描寫的手法細膩而生動，藉由風與虹的襯托，更凸顯古典美人的形象之美，由此塑造了獨特的秀美風格。

　　鄭愁予是現代詩名家，他的詩歌成就非凡。透過對以上山水詩的賞析，相信我們更能體會其創作藝術的價值。

──二○○三年十月廿九日洪淑苓演講
　稿：〈山水與孤獨〉部份內容，地
　點：台北市成功高中，台北市高中國
　文科教師協會、龍騰講堂合辦。

談余光中和他的〈鄉愁四韻〉

　　床前明月光，疑是地上霜。舉頭望明月，低頭思故鄉。
　　唐朝詩人李白的這首〈靜夜思〉，千百年來膾炙人口，
文字平易近人，所表達的懷鄉情感卻十分深刻而普遍，觸動
了每一顆羈旅他鄉的遊子心靈。同樣的，若要在中國現代詩
裡找一首鄉愁詩，能夠撥動這一代中國人心弦，產生共鳴的，
大概就是余光中這首〈鄉愁四韻〉：

　　　給我一瓢長江水啊長江水
　　　　　酒一樣的長江水
　　　　　醉酒的滋味
　　　　　是鄉愁的滋味
　　　給我一瓢長江水啊長江水

　　　給我一張海棠紅啊海棠紅
　　　　　血一樣的海棠紅
　　　　　沸血的燒痛
　　　　　是鄉愁的燒痛
　　　給我一張海棠紅啊海棠紅

　　　給我一片雪花白啊雪花白
　　　　　信一樣的雪花白

家信的等待
是鄉愁的等待
給我一片雪花白啊雪花白

給我一朵臘梅香啊臘梅香
母親一樣的臘梅香
母親的芬芳
是鄉土的芬芳
給我一朵臘梅香啊臘梅香

　　這首詩是從《白玉苦瓜》詩集中選錄出來的。據詩集後記上說，〈鄉愁四韻〉本是應音樂家戴洪軒先生之邀而作。民歌手楊弦將之譜成民謠，與同集中的〈鄉愁〉一首，並在校園學子中廣為流傳。

一、余光中簡介

　　本詩作者余光中，福建省永春縣人，民國十七年（一九二八年）出生於南京。抗戰時在四川唸中學，勝利後回南京。民國三十六年入金陵大學，轉廈門大學。三十九年來台灣，入台灣大學外文系，獲文學士學位；又於四十八年獲美國愛荷華大學藝術碩士學位。曾任教於師範大學、政治大學，講授英詩及現代文學等課程，並數度講學美洲；又曾任香港中文大學聯合書院中文系主任。返台後，任中山大學文學院院長兼外文研究所所長，以榮譽教授身分退休。

　　余光中的文學活動廣大而恆久，舉凡詩、散文、評論、翻譯，無不深入。民國四十三年三月與覃子豪等詩人共創

「藍星詩社」，出版《藍星詩刊》、《藍星詩頁》等，對當代詩壇有頗大的影響力。曾主編《現代文學》，於介紹西方文藝理論、推動現代文藝創作方面，不遺餘力。民國七十三年以散文榮獲吳三連文藝獎，作品的特色是多用意象，筆觸輕鬆，妙趣橫生。然其創作成就，尤以現代詩為代表，將現代詩的題材擴大，融合中西詩風特色，是詩人對後學者的啟示；已出版的十多種詩集，詩風變化進展繁富，更是詩人個人特殊的成就，在詩壇上獨樹一格。

二、作品賞析

　　這首〈鄉愁四韻〉共有四段，用了四個韻腳，宜於朗誦及歌唱。前兩段是詩人書寫對故國河山無限的眷念和哀痛之情。第一段中，詩人以代表中國傳統文化的長江，作為中國的化身，由此而產生渴慕之心，希望醉飲長江水，慰藉鄉愁；第二段中，則以海棠代稱大陸河山，以此寫出對河山的眷念，對同胞的關切，彷彿熱血沸騰，使思鄉的心靈感到燒痛。三、四兩段，詩人的情緒已經由激昂澎湃轉移成悠遠低迴。因為故國遭變，是整個時代的悲劇，既然不得歸去，那麼就只能將對故國的懷念，縮小為對家鄉親人的緬懷。以雪花白聯想家信，以臘梅香聯想到母親，雖是屬於「小我」的範疇，但也十分真摯感人，同樣是沈潛在心中的鄉愁。但值得注意的是，「母親」一詞在余光中的詩裡，常常是多重意義的，既是生身的母親，也是所熱愛的國家。因此「母親的芬芳／是鄉土的芬芳」，又把小我的情感擴充為對鄉土的關懷，又能與前兩段的意義呼應。

　　這首詩詞句淺顯，形式整齊，節奏明暢，尤其簡單的詞

彙加上象徵的筆法，確實能夠刻畫這一代中國人的鄉愁。以
下再進一步賞析：

　　首先，從字句排列的形式來看，詩共有四段，每段都有
五行，而且形式都是首末兩句齊頭，中間三句低兩格排列。
在現代詩的句法中，「空格」是用來補充說明上句的句意。
以第一段為例，第二句「酒一樣的長江水」，就是用酒來比
喻長江水，接著才能說「醉酒的滋味／是鄉愁的滋味」。其
他：血──海棠紅，信──雪花白，母親──臘梅香，也是這
種技巧。而經過二三四句的鋪陳之後，情感得到舒發，向外擴
張，再將「給我一瓢長江水啊長江水」，提高與首句同位，
就又把情感拉回原來的「點」，仍是不得歸去的鄉愁。

　　這種排列的方法，不僅是經由視覺形式來造成藝術的效
果，同時在內容意義上，也有層層推進的功用。仍以第一段
為例，當首句標出「長江水」時，只是一個簡單而抽象的意
象，要經過二三四句的說明，由長江水──酒──醉酒──鄉
愁，意義才能一層深入一層，這也是詩人在整齊的形式之下，
別開生面，在意義上拓展層次，詩才不致僵化。末句又重覆
首句，除了可以協韻之外，也產生前後呼應的效果，使感情
的層次更為深入。

　　此外，詩人也特意用重覆的字詞，如長江水、滋味、海
棠紅、燒痛……等，這些並不顯得繁複，反而更能加深讀者
的印象，使讀者更能切入詩情。詩人也喜用「啊」字放在長
句中，如「給我一瓢長江水啊長江水」，「啊」字一方面有
感歎的意味，另一方面在節奏上，也有調節的作用；這是一
首適合吟誦的詩，在長句中襯上「啊」字，可以加強聲情的
表現，朗誦起來特別有盪氣迴腸的感覺。

　　善用「意象」會使詞句簡潔，而含義豐富，情感深刻；這首詩採用的四個意象：長江、海棠、雪花和臘梅，便有這種功能。長江滔滔滾滾，正是中國悠久綿長的歷史文化的象徵；海棠葉似心臟形而葉緣有鋸齒，平展開來，就像一幅中國地圖一樣，那上面的梗脈起伏，不就像國土上的山山水水嗎？所以長江和海棠的兩個意象，都是一般人認知的中國化身，以它們來象徵中國，並對之產生鄉愁，也是寫出了一般人普遍的情感。雪花與臘梅，本身就是很美的，富有詩意的，固然兩者是屬於北地的產物，但對羈留南方的遊子而言，就更引發對鄉土的思念；而且詩人把它們和「家信」、「母親」連用，這又將之普遍化，無論祖籍何處，所有的遊子都翹首期盼家書，思念母親慈藹的音容，緬懷家鄉的風土人情。「母親」這個意象，更有「國家」的寓意，如此由國家而鄉土，由鄉土而國家，詩人的確把鄉愁的主題發揮得淋漓盡致。

　　鄉愁是人類亙古長久的情懷，古今中外的文學家不知有多少人書寫過這個主題。余光中這首〈鄉愁四韻〉，情懷是古典的，遣詞造句卻有新意，更難得是讀起來鏗鏘有聲，令人感覺情味悠長。全篇以整齊的形式、流暢的旋律、多重的意象來傳達懷鄉愁情，尤其由前兩韻對山河國家的眷顧，到三四兩韻轉化成為對家鄉親人的緬懷，最後又歸結到對鄉關家國的關切，情感跌宕，令人低迴不已。而整首詩的情感，由激昂的憤慨，到平淡的緬懷，恰恰表露了與他同輩的人對國家命運的反省，以及鄉土親情的惦念。這是一首屬於現代中國人的鄉愁詩。

　　　　　　　　——一九八七年六月，國語日報《古今文選》，附刊第二集第一六八期

也談新詩用韻

——余光中詩歌的音韻之美

　　拜讀十月二十八日劉紀蕙教授之大作〈談余光中的希臘星空與音響變奏〉，見解精闢，深感獲益良多。尤其音律部分，確實是余光中詩的重大成就；然以其多借力於中國古典詩詞音韻之精髓，實不僅如劉文所云押ㄢ、ㄤ、ㄥ等韻之現象，尚有更多優點可以闡發，以下即參酌古典詩詞之音韻原則，略述個人淺見，並就教於余先生、劉教授及「人間」編、讀者。

　　以劉文所引余光中〈憑我一哭——豈能為屈原召魂？〉為例，此詩之音律頡頏嗚咽，充滿悲劇英雄色彩，首先要注意的，乃在於韻腳字有不少的入聲字：決、月、髮、結、哭，再加上三、四聲的草、猛、頂、上、住等，以入聲之短促，仄聲之掩抑，共同形成拗怒鬱勃的情韻。國語雖無入聲，但方言可以讀出，有些入聲字也不難察覺，若能稍加掌握，當可使中國文字音韻發揮更大的效果。

　　其次，韻腳與聲情之關係，雖偶有例外，但古人已有所歸納。此詩中之擋、揚、抗、望、撞字今押ㄤ韻，於古典詞韻則屬第二部江陽之部，依明・王驥德《曲律》云，此韻部音韻特質為「響」，宜表達宏偉響亮之聲情，正適於詩中屈原的孤高偉岸。猛、頂，今押ㄥ韻，於古則屬第十一部庚青之部，其特質為「清」，多用以傳達清勁激壯之聲情；運用這些字，係使情感推向高亢澎湃，與詩中「來勢洶洶」、

「高傲的額頂」詞意相合，而非劉文所云「愈趨沈重」。而詩後段的ㄠ韻，古屬蕭豪，特質為「響」；又韻古屬尤侯，特質為「幽」，在響亮豪壯與悲哀幽咽之間，激發出屈原不得志的鬱悶。又有「身」、「魂」字押ㄣ韻，屬真文之部，特質為「緩」，以舒緩哀婉之聲韻，表露「召魂」之感慨、茫然，和前文的慷慨激越形成一張一弛的對比，餘音裊裊。以上分析，比之劉文「復以ㄠ與又韻之流連悲泣召喚而終」云云，應較為精細，且更能凸顯余光中對中國文字音韻運用自如之功夫。

第三，「把一個淒漓的情意結」句，劉文認為是「經過……的一韻」、「經過一韻之收束」，其言有待補充。個人以為，此即是一般所謂「句中藏韻」、以「淒漓」、「情意」和「結」字同有介音ㄧ，又造成雙聲、疊韻之效，而使句子呈現一波三折、抑揚頓挫之節奏與美感。此古典詩詞常見，余光中亦屢用之，在在證明其自古典而出，變化於現代的音韻技巧。

中國文字的音韻，可說繁音促節，富於聲容之美。但誠如劉文所引余光中之言，一首詩若不注重音韻聲調，便可能成為一首「啞詩」──〈憑我一哭〉當然不是「啞詩」，它的詞情與聲情俱皆豐富而暢美，我們必須仔細的、大聲的、抑揚頓挫的「讀」出它的聲響，方不辜負詩人的用心，並讓千年以外的屈原也能聽見，為之「含笑九泉」。

──一九九八年十一月十三日‧中國時報
人間副刊

羅門戰爭詩的主題與創作手法

　　在現代詩壇上，羅門以都市詩知名，但他的戰爭詩也不容忽視。尤其〈麥堅利堡〉這首詩，更能展現他對戰爭的嚴肅思考與精采的創作手法。現在就讓我們來認識羅門和欣賞這首作品。

　　〈麥堅利堡〉：

　　　　超過偉大的
　　　　是人類對偉大已感到茫然

　　戰爭坐在此哭誰
　　它的笑聲　曾使七萬個靈魂陷落在比睡眠還深的地帶

　　太陽已冷　星月已冷　太平洋的浪被砲火煮開也都冷了
　　史密斯　威廉斯　煙花節光榮伸不出手來接你們回家
　　你們的名字運回故鄉　比入冬的海水還冷
　　在死亡的喧噪裡　你們的無救　上帝的手呢
　　血已把偉大的紀念沖洗了出來
　　戰爭都哭了　偉大它為什麼不笑
　　七萬朵十字花　圍成園　排成林　繞成百合的村
　　在風中不動　在雨裡也不動
　　沉默給馬尼拉海灣看　蒼白給遊客們的照相機看

史密斯　威廉斯　在死亡紊亂的鏡面上　我只想知道
　　那裡是你們童幼時眼睛常去玩的地方
　　　　那地方藏有春日的錄音帶與彩色的幻燈片

麥堅利堡　鳥都不叫了　樹葉也怕動
凡是聲音都會使這裡的靜默受擊出血
空間與時間絕緣　時間逃離鐘錶
這裡比灰暗的天地線還少說話　永恆無聲
美麗的無音房　死者的花園　活人的風景區
神來過　敬仰來過　汽車與都市也都來過
而史密斯　威廉斯　你們是不來也不去了
靜止如取下擺心的錶面　看不清歲月的臉
在日光的夜裡　星滅的晚上
你們的盲睛不分季節的睡著
睡醒了一個死不透的世界
睡熟了麥堅利堡綠得格外憂鬱的草場

死神將聖品擠滿在嘶喊的大理石上
給昇滿的星條旗看　給不朽看　給雲看
麥堅利堡是浪花已塑成碑林的陸上太平洋
一幅悲天泣地的大浮雕　掛入死亡最黑的背景
七萬個故事焚毀於白色不安的顫慄
史密斯　威廉斯　當落日燒紅野芒果林於昏暮
神都將急急離去　星也落盡
你們是那裡也不去了
太平洋陰森的海底是沒有門的

一、作者簡介

　　羅門，本名韓仁存，民國十七年（一九二八年）出生於海南省文昌縣。空軍飛行官校習飛兩年。美國民航中心（FAA‧T‧C）畢業。四十一年，考進民航局工作，曾派往菲律賓觀摩民航業務、往美國民航失事調查學校研習。曾任民航局高級技術員。六十六年，自民航局退休，專事詩的寫作。

　　羅門為現代詩名家，被譽為「重量級的詩人」、「詩壇的守護神」，和他的夫人——也是名詩人——蓉子女士，並稱詩壇雙璧。民國四十三年，羅門認識蓉子，開始寫詩，第一首詩〈加力布露斯〉發表於《現代詩》季刊，即受到主編紀弦的青睞，特別以套紅刊登出來。四十四年與蓉子結婚，並舉行婚禮朗誦會，詩人紀弦、上官予、彭邦楨等共襄盛舉。四十七年，出版第一本詩集《曙光》，其後寫作不輟，取材廣泛，以描寫戰爭與都市之類的作品，最受人矚目。無論是意象的營造、主題的訴求，以及氣氛、節奏的掌握等都顯示了「力」與「美」的質素，相當具有個人風格。除了創作，也發表論述，闡發他個人對於詩與藝術創作的理念，「第三自然螺旋型」架構，即是他以作者為中心的創作理論。他和蓉子的住所「燈屋」，其中的各種擺設、燈飾，也充分發揮他的創作精神。「燈屋」因此成為詩人朋友最喜愛的聚會場所。

　　羅門的詩受到各方面的肯定與獎賞，例如〈麥堅利堡〉詩，曾引起評論家的討論，也獲得菲總統馬可仕金牌獎。他的作品曾經入選英、法、日、韓等外文詩選，以及六十多種中文版的詩選集，也曾經碑刻入台北新生公園、台北動物園

及彰化市。他所獲得的獎項，包括中山文藝獎、中國時報推薦詩獎、教育部詩教獎、菲總統金牌獎與大綬勳章、美國第三屆世界詩人大會特別獎與接受加冕……等等。而海內外著名學人、評論家對他的評介文章，也已近八十萬字，目前已見五本專門評論羅門作品的書。

　　羅門熱愛詩的創作，也有藝術方面的才華，更熱衷於推展詩與藝術的結合。因此他寫詩、藝術評論，也擔任過各種學校團體新詩創作的指導員、評審者，推廣詩與視覺藝術、詩與多媒體、詩與新環境等活動。在「羅門、蓉子文學世界學術研討會」（一九八八年，海南大學、海南日報社聯合主辦）上，羅門以「將同詩走完我的一生」為題發表自己的詩觀，這也是羅門貫徹不悔的創作理念、人生理念。對這位已過七十之年的詩人來說，生命沒有極限，每一圈年輪都將刊刻他的詩的創作。羅門著有詩集、文論集多種，洪範書店曾出版《羅門詩選》可供參考。

二、作品背景介紹

　　本詩作於民國五十一年，時作者因公赴菲，臨其地而賦詩。見收於羅門著《第九日的底流》，五十二年，藍星詩社印行。

　　麥堅利堡為一著名的公墓，埋葬著二次大戰期間戰亡的七萬美軍的骨骸。作者面對七萬座大理石十字架，為戰爭所帶來的浩劫震撼、沈思；全篇筆調甚為森冷，充滿對戰爭的質疑與指控，所謂正義、光榮、偉大、不朽等耀眼的名詞，在死亡的陰影下，只是令人感到茫然。這是一篇具有歷史感的長詩，是作者的代表作之一，發表後，驚動詩壇；獲得菲

律賓總統金牌獎，也引起詩論家的廣泛討論。作者本人曾對
本詩的寫作背景與主題有所詮釋：

「麥堅利堡（FortMckinly）是紀念第二次大戰期
間七萬美軍在太平洋地區戰亡；美國人在馬尼拉城
郊，以七萬座大理石十字架，分別刻著死者的出生
地與名字，非常壯觀也非常淒慘的排列在空曠的綠
坡上，展覽著太平洋悲壯的戰況，以及人類悲慘的
命運，七萬個彩色的故事，是被死亡永遠埋住了，
這個世界在都市喧噪的射程之外，這裡的空靈有著
偉大與不安的顫慄，山林的鳥被嚇住都不叫了。靜
得多麼可怕，靜得連上帝都感到寂寞不敢留下；馬
尼拉海灣在遠處閃目，芒果林與鳳凰木連綿遍野，
景色美得太過憂傷。天藍，旗動，令人蕭然起敬；
天黑，旗靜，周圍便黯然無聲，被死亡的陰影重壓
著……作者本人最近因公赴菲，曾往遊此地，並站
在史密斯威廉斯的十字架前拍照。」

「戰爭是人類生命與文化數千年所面對的一個含有
偉大悲劇性的主題。在戰爭中，人類往往必須以一
隻手去握住『偉大』與『神聖』，以另一隻手去握
住滿掌的血，這卻是使上帝既無法編導也不忍心
去看的一幕悲劇。可是為了自由、真理、正義與生
存，人類又往往不能不去勇敢的接受戰爭。

透過人類高度的智慧與深入的良知，我們確實感知到

戰爭已是構成人類生存困境中，較重大的一個困境；
因為它處在『血』與『偉大』的對視中，它的副產品
是冷漠且恐怖的『死亡』。我在〈麥堅利堡〉那首詩
中，便是表現了這一強烈的悲劇性的感受。」

由此可知作者對這首詩的用心與創作理念。

三、作品內容賞析

羅門的詩，善用意象與譬喻，他所塑造的氣勢，更有如
長江大河一般遼闊。這首〈麥堅利堡〉，即是雷霆萬鈞的不
朽之作，以下試從三方面入手：

（一）主題：對戰爭的省思

自古以來，人類不斷遭受戰火的洗禮與肆虐，戰爭也成
為文學上的重要主題。有的歌頌戰士的英勇，有的哀憐百姓
無辜；而羅門這首〈麥堅利堡〉卻超越了這兩種氾濫的情感，
直接透視戰爭的荒謬本質：戰爭如果是神聖、偉大的，為什
麼必須以鮮血和頭顱來獻祭？戰爭如果是光榮、不朽的，為
什麼史密斯、威廉斯，或者其他人回不去故鄉接受喝采，只
能在陰森的地底長眠？這些人的殞滅，連上帝也無法阻擋。
在這「美麗的無音房」，時間停止流轉，四季已經沒有了意
義，生命，只不過是石碑上幾行文字與數字而已！那些犧牲
的勇士們，長眠地底，墓碑成林，如同「一幅悲天泣地的大
浮雕」矗立著，無聲無息。在這裡，所有的指控、吶喊都緘
默了，「你們是那裡也不去了／太平洋陰森的海底是沒有門
的」這兩句話結語，表達了作者內心最深沈的慟楚，讀之令
人也有欲哭無淚的悲慨。

（二）內容：生死哀榮，深沈痛惋

開端兩行，有序言的作用，由此展開全文。正文第一節，僅只兩行，但把戰爭擬人化，說它「坐在此哭誰」，彷彿讓我們看到一個懺悔者在墓園裡追悔低泣。我們正要與它同悲，作者卻立刻揭露它的罪狀：「它的笑聲曾使七萬個靈魂陷落在比睡眠還深的地帶」。世上什麼比睡眠還深呢？只有「死亡」了！這裡用暗示的手法，描述在戰火熾熱，也就是「戰爭」得意狂笑時，它把七萬軍士推入死亡之地！是故在第一節，已經表現了詩的張力：戰爭、死亡、殉難者都已包羅進來，顯示彼此間的複雜關係。

第二節，「冷」字是其中的重點。太陽、星月、太平洋的浪，以及入冬的海水，作者都賦予「冷」的感覺，但是最冷的還是史密斯、威廉斯這些名字，當這些名字運回家鄉時，必然使親友哀慟非常。但是也只有名字了，屍骨已殘、衣物已毀，留給世間的，就只有空蕩蕩的名號而已，怎麼不教人心灰意冷呢？光榮、死亡、戰爭、偉大，在這裡都擬人化，「光榮伸不出手來」、「偉大它為什麼不笑」，加深了我們的印象，更加體會其中的反諷意味。因為再大的榮耀，也只能鐫刻在墓碑上，喚不回一個活生生的史密斯、威廉斯；當「戰爭」為自己的殘害生靈而哭時，「偉大」又怎麼笑得出來？「血已把偉大的紀念沖洗了出來」，「沖洗」一詞，令人聯想海浪沖刷岩岸，終於露出崢嶸的礁石；當戰士的鮮血流盡，果然也就獲得了勝利的成果，也就是「偉大的紀念」。但是想想那是鮮血換來的啊！莫怪「戰爭」都哭了，「偉大」也笑不出來，「沖洗」本是尋常詞彙，但是在這裡得到發揮，整句話充滿了動感。

　　第三、四節，暫且放下對「戰爭」的質詢，轉而描述墓園的景致、氣氛，長眠地底的殉難者以及到此參觀禮敬的遊客。整個墓園都沈浸在肅穆的氣氛中，沈默、寂靜，接近死亡的氛圍；事實上這裡就是死亡的國度，遊客只是偶爾造訪。第四節第六行的神、敬仰（人們的敬仰）、汽車與都市（都是指遊客的蹤跡），像這些造訪者，都不可能久留，因此說這裡是「死者的花園活人的風景區」。這句話極為沈痛，也相當諷刺，出生入死的勇士們，死後竟成為遊客拍照留念的對象？

　　但是作者本人對殉難者是相當痛惜的。作者正巧站在史密斯、威廉斯的十字架前，因此詩中一再召喚其名，彷彿是在招魂，安撫著亡靈。而在第三節第四行，作者更說「我只想知道／哪裡是你們童幼時眼睛常去玩的地方／那地方藏有春日的錄音帶和彩色的燈片」，這裡用「眼睛」來代稱其人，是詩的用法，同時也和第四節第八行與最後三行作呼應。眼睛可以觀看世界，是生命的象徵，但是這些長眠的戰士是再不能觀看一切了。一個頭顱枯骨，也只剩下兩個凹陷的眼洞，因此他們「看不清歲月的臉」，他們的「盲睛」永遠閉眼熟睡。童年、春日、音樂帶、幻燈片，這些零碎的意象，卻都是青春、美好的象徵，因此作者特別關心戰士們曾經擁有的青春歲月。只可惜這一切都成惘然。這兩節譬喻特多，描寫得也很細膩，讓我們深深惦念這些殉亡的戰士。

　　最後一節前兩行將氣氛揚起，和前兩節的哀怨幽靜不同。這裡，作者不再用迂迴的筆描述死亡，從第一行到第五行，一方面是教「死神」直接登場，一方面則是為「麥堅利堡」頒封最後的冠冕，然後為這段歷史作一個結論。麥堅利

堡是「一幅悲天泣地的大浮雕」，這個意象，充滿了悲壯的意味。以黃土為底，七萬個十字墓碑，構成一幅藝術鉅作－－卻也負載了何等深沈的記憶和情感！的確沒有更貼切的比喻可以凸顯此地的特殊景象。但是這幅浮雕，並非為欣賞藝術而作，它所掛之處，是「死亡最黑的背景」，當我們用良知審視「七萬個故事焚毀於白色不安的顫慄」，對於戰爭，對於歷史，恐怕也將陷於和作者一樣的茫然吧！

　　在揭露死亡的面目之後，作者再次呼喊戰士之名，告訴他們，這個死亡的國度，連「神都將急急離去」，唯有他們「哪裡也去不了」，呼應第四節第七行的「不來也不去」。為什麼呢？因為戰士已安息於此，長眠九泉嗎？「太平洋陰森的海底是沒有門的」，這真是一句力透紙背的話，超乎常人的想像。原來戰士不來不去，是因為他們的靈魂找不到出口，不得其門而出！多麼沈重、多麼體恤的推想，令人盪氣迴腸，低迴不已。

（三）佳句選析

　　最後，剖析幾處極為奇特、精準的譬喻。

　　「太平洋的浪被砲火煮開也都冷了」：用砲火來煮沸太平洋的海水，似乎是異想天開，但這句話其實涵攝了這樣的意義：當砲火擊中海面上的艦艇，火光與浪花、機械殘骸與破碎骨肉，一切都迸裂橫飛，死神也就乘虛而入，最後一切都灰飛煙滅，都是死寂、陰冷。

　　「凡是聲音都會使這裡的靜默受擊出血」：聲音和靜默，兩者之間本就存在著緊張的對峙關係，但是怎樣去表現聲音打破靜默的結果呢？作者用「受擊出血」四字，「受擊」這個動作使聲音和靜默二者都作了質性的轉換，由抽象變成

具體的主客雙方，一擊一受，形成更尖銳的對峙關係。「出血」的意象十分鮮明，既表示「靜默」受到嚴重傷害，也和戰爭主題隱隱扣合。

「麥堅利堡是浪花已塑成碑林的陸上太平洋／一幅悲天泣地的大浮雕」：「大浮雕」句已見上文。這裡把麥堅利堡比喻為陸上的太平洋。但關鍵處是碑林和浪花的相似性。為什麼浪花可以塑成碑林：浪花在太平洋上起伏洶湧，若是把這畫面靜止，高低突起的浪峰，和羅列林立的十字架、墓碑，不是十分相似嗎？以太平洋取譬，是緣於地理位置的關係，但「陸上太平洋」則更顯示此地的紀念意義。

〈麥堅利堡〉這首詩不僅表達了作者對該地殉亡戰士的哀悼，也帶領我們穿透時空，對戰爭的意義慎重思考。篇中澎湃激昂的情感，更讓我們心靈受到徹底的洗滌。

──一九九五年八月廿六日，國語日報
《古今文選》，第八六七期

回歸與再出發

——「學院派」的觀點

　　無論是詩刊、網路，很多人在寫詩、現代詩。

　　但是我們也聽到很多人說：我看不懂現代詩，古詩比較有情味，看得懂。

　　有時候，我們把這當成笑話：我寫詩，但是，我從來不看別人寫的。

　　現代詩，果真是一團謎。若說二十世紀的文學已死亡，則現代詩大約是方生方死，方死方生，永遠有人在寫別人（有時也包括自己）「看不懂」的，詩。

　　讓我們回到文學史的觀點，某類文學作品的興亡盛衰，究竟有著何等的軌跡可循？大部份的學者同意，文學起源之初，大多來自於民間素人的創作，而後文人加以吸納改造，使之臻於成熟，因而百家爭鳴，競奏新聲；待典型確立，又有亟思改革者，推陳出新——說似容易，其歷程可能耗費百數十年以上。

　　更須注意的，同時代以及後世的文論家、編纂者的選注彙輯，也功不可沒，若無彼等，唐宋八大家、唐詩三百首、李杜詩、三李詞……幾乎不可能達到家喻戶曉，廣受歡迎的效果。

　　是故，當很多人把希望寄託在電腦網路時，我個人倒是注重整理與發揚平面作品的努力。各種詩說、賞析評論，乃至學術研究，卻是勢在必行——選文定篇、塑造典型、建立

史觀，這正是現代詩朝向「永續經營」的指標。否則作品不斷湧現，最後也將自生自滅。而這些編選研究的工夫，事實上即是企圖和作品展開對話——詮釋、討論與批評，同時呈現當代的文學意見，預留後世創作者、讀者，另一個對話的空間，試觀杜甫詩集、千家譯注，這都有助於後人對作品的了解，乃至於再創造的可能。

不能否認的是，現代詩（或者現代文學）的創作活力是在芸芸眾生，而非一般人印象中的「學院」——從來沒有一個偉大的作家是課堂上教出來的，但試問當今的「學院」，特別是文學院系，能夠和現代詩產生什麼關聯？我們不難發現，許多詩人努力創作之外，也努力在推展「詩運」，前述編選研究的工作，大部份還是落在創作者詩人頭上。

相對於此，或傾注於古典詩詞上的研析，現代學者對現代詩的賞愛，實在太少了！現代學者應該歡迎現代詩「回歸」學院，以「發潛德之幽光」、「存續命之一縷」的精神，編注、賞析、研究現代詩，共同開拓此園地。我相信，其創作者與讀者，也樂見這樣的互助合作。

其實在今天大學院校的文學課程上，已逐漸加強現代文學部分。只是，小說當道，台灣文學異軍突起，現代詩人被擠到邊緣地帶，但是從國文、通識課程，或學生社團活動看，現代詩仍具有強烈的吸引力；學生怕的只是「看不懂」。而我要強調「學院派」的原因就是在這裏，一者，以學術研究的眼光確立現代詩的身分地位；再者，希望更多學者投入推展工作，編注研究現代詩；三者，掌握青年學子愛詩的人口，讓更多人，在其更長久的人生歲月，喜愛而且「看得懂」現代詩。

展望二十一世紀的中國現代詩，我主張「學院派」的介入，成為現代詩再出發的新動力。

——一九九九年三月，創世紀詩雜誌，一
一八期

只有情詩，沒有距離

　　經常有學生問我，怎樣開始讀現代詩、要看誰的詩集比較好？

　　我想了想，可以用《詩經》和《唐詩三百首》來比喻。《詩經》是中國純文學的鼻祖，它的第一篇詩〈關雎〉，不就是一首好美的情詩嗎？「關關雎鳩，在河之洲。窈窕淑女，君子好逑」是這樣的宛轉與深情，啟動我們讀詩的「初體驗」。所以，讀詩從情詩讀起，誰曰不宜？

　　因此在我的「現代文學選讀」課程（開在大一國文領域）上，現代詩單元，就完全鎖定在情詩的範圍。從愛慕相思、離別苦痛到締造婚姻，乃至於另類的情詩，一路講下來，融合情感教育與文學教育，頗能引起學生的共鳴。蓋這些青青子衿，不管有沒有戀愛經驗，內心總有個柔軟的角落，一經詩的碰觸，便燃燒了起來！從選讀的現代情詩，他們看到了席慕蓉的甜美幽怨、敻虹的深情不悔、鄭愁予的浪蕩多情，也看到了張香華、余光中、沙穗、夏菁等人的平凡夫妻、神仙眷屬的情意。他們也很訝異，洛夫〈因為風的緣故〉竟然是寫給妻子的情詩。而另類的情詩，我曾選用同性戀者的情歌：〈雌雄同體〉、〈愛情模樣〉，透過歌詞，我們師生都很震撼，原來愛情的濃烈，並無異性／同性的分別。

　　就是從情詩讀起，學生才相信，現代詩一點兒都不難，可以看得懂，而且「於我心有戚戚焉」，還可以抄下詩句，

做成書籤送給心儀的他（她）！

　　至於第二個問題，如同俗話說：「熟讀唐詩三百首，不會作詩也會吟。」我相信有不少人的文學教育是從《唐詩三百首》開始的；記得有個名人說，西方人家家有《聖經》，中國人應該戶戶有《論語》——我說呢，如果不喜歡孔夫子的訓示，也應該放一本平易近人的《唐詩三百首》。《唐詩三百首》是一本唐詩的選集，它的編者名不見經傳，但書的影響力卻相當深遠，只因為它提供給後人一個方便之門，可以用最經濟的方式，瀏覽唐代詩人及其作品的風貌。借此以觀，想要很快地認識現代詩人，選集當然是一大捷徑。

　　坊間可見的現代詩選集，大約有幾類：年度詩選、詩社詩選、個人詩選、主題詩選，以及宛如總集的多人、年代詩選。基本上，我的「現代詩選」課程（開在夜間部中文系），所用的教材與講義，統合起來就是一本總集，從五四直講到現在，選擇代表作家與經典作品來講。但是為了補充最新的訊息，我往往會要求學生自己閱讀最新的年度詩選，從中選一首喜愛的詩，寫一篇讀後感。因為這類詩選在作品後面都附有賞析，很多學生說，這樣子比較有一些參考、根據，雖然有時候和自己原先想的差很多，但總是看到了不一樣的說法，讓他們覺得「賞析」其實也不難，也有脈絡可循。

　　通常讀了一段時間之後，學生會逐漸找到自己欣賞的詩人。這時，我會建議先去看詩人的詩選集，一來可以省去「哪一本比較好」的困擾，二來更可以對這個詩人有整體而深入的認識；如此，就算是喜歡鄭愁予，也不會只知道「我達達的馬蹄，是美麗的錯誤」這兩三句點綴式的「金玉良言」。

　　怎樣進入現代詩的殿堂？我的看法是：

只有情詩，沒有距離——從情詩讀起

不要走開，馬上回來——從選集看起

——二〇〇〇年九月，創世紀詩雜誌，一
二四期

轉動幸福的密碼

──我的現代詩教學、研究與創作

　　因為出版了詩集《預約的幸福》，所以經常被問起：
「幸福真的可以預約嗎？」可以嗎？真的可以嗎？我其實並
不知道這個答案。我只知道能夠在現代詩的領域裡，教學、
研究與創作，就是我所體會的，最深刻的幸福。

一、走進靈魂深處：現代詩教學經驗談

　　我和現代詩的因緣始自於學生時代。那時本系的現代文
學風氣逐漸興盛，有相關課程，也有不少創作競賽；加上同
儕間的互相勉勵，我一頭栽進詩和散文的創作中。至於教學
和研究，則是意料之外的事。

　　民國八十三年五月，我獲得博士學位，我研究的是民間
文學，但因為本系課程之需，從九月起，開始擔任本系夜間
部的現代詩選課程。接著，八十七學年開始，我也把現代詩
放進我的國文領域課程中。

　　在中文系的現代詩選課上，我比較著重在現代詩的歷
史發展，依各時期脈絡，介紹重要作家，賞析代表作品。另
外，也補充現代詩理論與現代詩史的相關論文。而國文課程
裡的現代詩選讀部份，為顧及大一學生的學習興趣，就以情
詩為主，著重在情感的表達與分享。

　　以中文系的這個班來看，一年下來，可以說從徐志摩到
余光中，一直到夏宇，從格律派到後現代，學生都可以接觸

一些。若問學生最大收穫是什麼，我想應該是讓他們看到語言的精湛藝術、動人的思想情感，以及那些生命底層的靈光躍動。常常，在高聲朗讀一首詩時，我們已經為它的音韻變化、語詞美妙而讚賞，待解讀全文以後，更為詩人敏銳眼光所折服。徐志摩的〈再別康橋〉、鄭愁予的〈錯誤〉、余光中的〈敲打樂〉、羅門的〈麥堅利堡〉、蓉子的〈我的粧鏡是一隻弓背的貓〉、夏宇的〈甜蜜的復仇〉……無論是古典的情韻，還是後現代的嘲弄，我們都跟著詩人走進靈魂的深處，傾聽時代的迴音。

二、吃糖果寫情詩：現代詩創作指導

很多時候，我賣力的詮釋詩的主題意境，講到幾乎忘我，回過神來看看台下的學生，竟也有數十雙眼睛一同閃動熱烈的光芒，直到一支筆滾落在地，「喀」的聲音才把我們都喚醒，然後師生相視一笑。「老師好感性哦！」沒錯，這正是我要「傳染」給他們的，現代人都太冰冷，生命都太乾澀。我也發現，其實學生也都蠻浪漫多情的（畢竟是年輕人），有幾次輪到分組報告，他們自備燭火燈具音響，以及當作道具的玫瑰金菊……把個教室變成像小劇場一樣，而他們一個個都是吟遊詩人，企圖以詩歌感動天地鬼神。

由於有些學生對創作很有興趣，所以我也會安排一兩次創作練習。我覺得憑空創作很難，所以創作課時，我會帶水果、點心當作「誘餌」，從食物的色香味寫到內在的情感象徵，「吃橘子寫新詩」、「吃糖果寫情詩」，我們就這樣一邊吃一邊寫，最後每個人至少都寫了一首詩，再合訂成一本詩集，限量發行，師生都很有成就感。學生也可以拿他的作

品給我看，只要他願意，不管他是不是我班上的就算只是聽過我演講的，我也很樂意。還記得有個學生把他的新詩日記給我看，我也一一批閱。有個男生參加公車詩文徵文比賽，得獎了，把作品海報送給我當紀念。有個醫學院的女生，只因我去他們的社團演講，順便指導創作，我看了她幾首詩，十分欣賞，後來她出書時，也高興的與我分享。這些經驗或許微不足道，但卻使我樂在其中。當老師的，有什麼比學生的回應更讓人高興呢？當學生說：「老師，我發現了，你給我們讀的情詩都是教我們要溫柔！」此時，我心底也湧起陣陣的溫柔甜蜜。

三、女詩人的新版圖：進行中的現代詩研究

由於教學相長，使我的學術研究也跨入現代詩的領域。〈論鄭愁予的山水詩〉是我的第一篇現代詩論文，完成此文，使我對現代詩研究信心大增。此後，陸續研究其它詩人與作品，也經常受邀撰寫現代詩集的書評。同時，受到女性研究的影響，而我自己也忝稱女詩人的一員，因此這三年來，我逐漸把現代詩研究的主題放在女詩人的研究上。我比較感興趣的是台灣資深女詩人的作品，像陳秀喜、杜潘芳格、蓉子、敻虹、朵思、張香華等，閱讀這些女詩人的作品，往往使我著迷不已，不管她們是台灣土生土長，還是生於大陸、老於台灣，她們認真的作個女人、女詩人，可說精神可嘉，令人敬佩。時代過去了，青春老去了，但是詩人的桂冠永不凋萎──在她們身上，我看到了文字的光華，也感受到生命的痛苦與熱情。雖然學術研究似乎應該更理性些，但我願意藉此機會表達我的感動與感謝，感謝她們的生命與詩帶給我學術之路上溫暖的光源。

四、轉動幸福的密碼

　　回想起來，我進入研究所之後，因為學業、工作與家庭的忙碌，已經很少寫詩了。但是擔任現代詩課程，教學研究之餘，我的詩心又蠢蠢欲動。我怎能盡教學生嘗試創作，自己卻漸行漸遠呢？於是，我又開始寫詩了。不同的是，我的題材從愛情擴展到女性與社會關懷，在抒情的筆調之外，增加冷峻與諧謔。當我寫詩時，我就是我自己，用詩人的嗅覺去品味這個世界。我慶幸，四十歲的我，還有夢、有詩。

　　幸福可以預約嗎？我寫詩、教詩、研究詩，我用詩的語言來轉動幸福的密碼。我想大聲的說：趕快去預約你自己的幸福。

　　　　　　　　── 二○○二年二月，臺大校友月刊，第
　　　　　　　　二十期

圖版新詩童

詩人的童言童語

──葉維廉童詩集《樹媽媽》評介

　　葉維廉是現代詩名家，他的童詩集《樹媽媽》（一九九七年四月，三民書局出版），語言流暢，旋律優美，適合大小讀者共同欣賞。

　　《樹媽媽》令人印象最深的是，語言十分靈活，有二字或四字一句的短句組，也有二十多字一行的長句。在作者注重意象與結構的創作功力下，呈現了活潑的語感與韻律，彷彿是新奇的語言實驗。

　　前者例如〈水車〉，以

水車　水車
一桶水起
　　　一桶水落

形式排列，水起水落之詞，抽換以星起星落、光起光落；在視覺上，營造了水車葉片此起彼落的畫面，加上水、光、星皆為柔美之意象，更增添美感；在聽覺上，起、落二字已見跌宕之聲響，每段開頭的「水車　水車」，短促的音節與車字的平聲帶起了上揚的感覺，聽覺效果也不錯；在主題思想上，更可推衍出時光如流水、物換星移的主旨。這首詩用詞簡單，節奏明快，形成如詩如畫的境界。

　　長句如〈童年〉的各段，以「童年是／終日無所事事」
開頭，接下來便是一串長句，如第六段的「不知哼什麼那樣
哼不知唱什麼那樣唱自自在在一步一／步踏出來的滿心的快
樂」這句雖不加標點，但其中的子句自成音節，構成一波一
折式的節奏，加上用詞平淺，頗能點出孩童「無事自歡愉」
的天真心態。

　　除了語言，想像力也是童詩的要素，葉維廉在書的序
文中說，要引帶兒童作「橫越太空」之遊，重新激發他們飛
躍的想像。就這本童詩集看，多首作品想像的來源是金色的
太陽、是廣大的太空：〈坐在太陽的光芒上〉、〈彈簧鞋〉
等詩都可看到這點，〈水晶峰〉尤其精采，把金色的陽光比
喻為鋒利的劍，當陽光拂過石山，如同寶劍削出一座座水晶
峰，造就「好熱鬧的一場太陽的舞蹈／好熱鬧的一場金劍的
舞蹈」。從詩末的註腳看來，本詩想要鼓舞的是「劍道的欲
望、舞蹈的欲望」，然而我們卻不妨想像這是行經一場千山
萬仞的俠客行，有著少年英雄的熱情與氣魄。

　　此外，〈先是一條蠻牛亂撞〉也顯現了神奇、幽默的想
像組合，但最後將搖晃的髮浪歸結於「一個閉目凝神的小姑
娘」，配上插畫，在趣味中益見其美，加上押韻，更有悠悠
的情味。作為書名的〈樹媽媽〉亦相當耐人尋味：詩中充滿了
懸疑、緊張的氣氛，主角和太陽賽跑、在滾動的地球上維持平
衡的遊戲，想像新奇有趣。就在快要跌下去的剎那，一把抱住
「樹媽媽」，也險趣橫生。從前後文對照看來，「樹媽媽」就
是主角的媽媽，也是「比太陽早起的媽媽」（另一首作品）。
這首詩點出孩子對媽媽的信賴，也傳達了母愛的偉大。

　　現代詩人兼及童詩創作，自有其淵源。但是葉維廉更值得我們注意的是，在其童詩作品中，仍然體現了個人的創作風格。顏元叔曾以「定向疊景」論其創作技巧，意謂在不斷逆射與擴深的意象群上，更推向詩的中心主旨。就此而論，前引〈水車〉一首，就有如此表現。又如〈把耳朵貼在鐵軌上〉，以整齊的形式，堆疊「把耳朵貼在鐵軌上」等四個事件與意象，也分別聽見不同的聲響，但這些大自然的「悄悄話」，正是莊子「天籟」思想的展現。以此類推，實可以推衍出更多的片段，得知「天籟」是定向，相類的意象是疊景。

　　道家思想本是葉維廉詩作的主要思想。《樹媽媽》諸多作品不以道德為取向，而強調想像、呈現美感，可說是基於這種創作觀念，因此有的作品以趣味見長，有的帶著冥想的意味。而其〈一半〉詩云：「睡一半的覺／是一半睡一半醒」，在這個句型模式下，令人彷彿見到莊子語言的不確定與圓滑，「一半這／一半那」的相對論，在在乎透露了道家的美學。類似這些作品，在賞析講解時，都可適時啟發小讀者的思考。

　　《樹媽媽》總共二十首作品，幾首與春天有關的，更運用穠麗的顏色，呈現五彩繽紛的視覺效果，彷若兒童畫的趣味，這也可說明，本書頗能貼近兒童心靈，是童詩集很好的示範。

——一九九七年十月，文訊，一四四期

童詩的田園取向

——向明、敻虹童詩集評介

　　一九九七年四月，三民書局出版一系列的童詩集。這些由現代詩名家創作的童詩，製作成精美的繪本，的確令人耳目一新，展現詩人的另一種才華，也表示對兒童的禮敬和愛護。

　　在已出版的八本詩集中，或多或少都有如田園生活、自然景物為題材的，向明《螢火蟲》與敻虹的《稻草人》更逕以為書名，可見「田園取向」是童詩創作的大宗。因此筆者就先選擇此二書略作評介。

一、向明的《螢火蟲》

　　《螢火蟲》共收錄二十首童詩，〈螢火蟲〉等五首，即以田園自然為題材；〈踢毽子〉等五首，描述童玩的樂趣，並寄託人生哲理；〈媽媽的話〉等三首，側重親情，表現兒童的天真可愛；其餘亦多以兒童的生活經驗為主，傳達其光明、溫暖的題旨。

　　溫柔敦厚、正面的意義與提醒，這正是向明童詩的風格，但他藏得很好，不致淪於說教。例如〈螢火蟲〉，在一二段優美的比喻和想像之後，結尾說：「你們是來伴我夜讀嗎？／我已把書輕闔上，／就著你的光亮背誦今天的課本。」螢窗夜讀，意境幽遠，勤學之意乃在不言中。又如〈向日葵〉，情理俱到的描述，使全詩充滿陽光般金黃的光芒與溫暖。尤其寫夜晚的向日葵：「這時我們在低頭祈禱，／願每個明天都

有溫暖的陽光。」這是何等虔誠的宏願！類似的主題，相當
能夠顯示向明期待於兒童的，乃是光明溫暖的人格特質。

　　不過向明童詩的精彩，應在於其中蘊含的冷雋、幽默、
反諷與哲理；這同時也實踐了詩的弔詭，應可啟發兒童另類
的思考。例如〈稻草人〉，首先描述稻草人的裝扮，神氣威
武，卻又滑稽、盡職，最後卻問：「你寂寞嗎？／你沒有朋
友，／你沒有鄰居，／連小鳥兒也不敢靠近。」

　　語似天真而極其老練，可以是情意的關懷，也可說是
詰問人在既定形象與職責之外，心靈世界如何？內在情志如
何？另一首〈比高〉，也很精到，小草和星星等物比高，最
後揭示了星星「高處不勝寒」的心聲；然而比之於人，在生
存競爭與欲望中，不也是處處在「比高」嗎？這首詩，相信
也能引導兒童對自我存在的反思。

　　綜觀這本童詩集，在題材上以童年、田園為取向，事
實上這也就是人類所嚮往的心靈故鄉，永遠緬懷那與自然為
伍，天真無憂的歲月。但若能藉此引導對人生的思考，則更
能深化童詩的內涵；這點向明的成績，值得推介。

二、敻虹的《稻草人》

　　《稻草人》收錄二十首童詩，〈稻草人〉等七首，以農
家生活為題材；〈住家〉等六首，則以小寶寶為主，寫出母
親的慈愛、家庭的溫馨；餘如〈互炫〉等作品，模擬兒童的
心態與口吻，表現其純真與神奇的想像。

　　敻虹在「作者的話」特別說起，她在台東所過的童年，
親近自然，也領受颱風的洗禮，因此她期盼小讀者也有「自然
之詩」的童年。這段告白，也正揭示了這本童詩集的旨趣。

　　譬如〈農夫的家〉，描寫田園籬舍、鋤頭和大雨鞋的農家風味，淳樸自然。幾首詩也都和「稻草人」有關：〈稻草人〉描繪「稻草人」謙卑而樸拙的形象，這是「農夫依著自己的想像」而塑造出來的一個好朋友；〈默契〉則進一步發揮，點出稻草人的作用，闡釋農夫仁民愛物的胸襟。〈好奇的小麻雀〉則反映了現代農村的奇景——用塑膠袋綁在竹竿上，充當稻草人。這個現象可作不同的詮釋，例如工業文明、農村凋敝等，但敻虹仍以一貫寬厚的心胸，模擬老農夫樸實親切的口吻，對小麻雀說抱歉：「我老了／紮不動神氣的稻草人」、「請小麻雀將就一些／多多包涵／多多忍耐」在其筆下，農夫、稻草人與小麻雀，有著自然和諧的關係，充份顯示萬物有情、慈愛護生的觀點。

　　最令人欣喜的是，敻虹對台灣風土的描述。〈撿到紫石〉，借小女孩小豆在海邊撿石頭的經驗，流露了對花蓮海岸的禮讚；〈小火車之忙〉，寫糖廠火車運載蔗糖的情景，熱鬧有趣，活潑生動。尤其以擬人法，表現小火車的興奮、著急與忙碌，讓人也感染那快樂的氣氛。這首詩記錄了嘉南平原的富產豐收，那些充滿甜味的名詞，真令人羨慕得流口水呢！

　　敻虹曾寫過〈台東大橋〉、〈又歌東部〉等詩，懷念她的台東童年。筆者以為，這種鄉土經驗，也可以在童詩繼續發揮，不僅是個人的童年再現，也可以啟發兒童對台灣本土的認識與關愛。

三、結語

　　現代詩人人兼及童詩創作，自有淵源，楊喚可謂鼻祖。他的作品，頗多小螞蟻之類的題材，描寫鄉村夜景、歌頌台

灣寶島、水果王國的詩作，也相當膾炙人口。推究其因，這些都是貼近兒童心靈世界與生活經驗，容易引起共鳴。在高度都市化的廿一世紀以後，它仍是一個令人嚮往的桃花源，值得繼續努力。

然而童詩最大的挑戰，在於語言。兒童對語文的認知，有階段性、個別性的差異，深淺掌握不易。例如向明的〈窗〉：「招不來雍容華貴的雲，／喚不住披著誘惑長髮的雨。」雍容華貴易解，誘惑長髮則比較拗口，理解上也較曲折。而夐虹的〈住家〉：「媽媽引清泉為寶寶洗滌／媽媽用微笑喚寶寶起床」二句比較，前者就顯得太過抽象、成熟，不如後者淺白親切，又不失詩的象徵手法。是故，童詩的遣詞造句，實是作家最大的考驗。或許應該把審查與批評權，交給小讀者，由他們來打分數。

最後，還是向這些名詩人致敬，感謝你們願意為兒童寫詩。

——一九九九年十二月，現代詩復刊，三十、三十一期

試論童詩的美感與想像

──以陳黎、朵思作品為例

在詩的創作中，童詩應是最為平易近人，可喜可讀。但或許囿於以兒童為對象，講究實用性（例如傳達知識）與道德訓示（強調光明正面的人生觀），相對的減少了藝術性與深刻度，因此受人重視者甚少，非常可惜。

美感與想像，是我個人對童詩創作的期許。唯有訴諸二者，童詩才能擺脫實用與道德的束縛，從而拓展更廣闊的空間。

一、陳黎童詩之美

美是什麼？美是一種形相的直覺，在審美過程中，移情作用、凝神專注，都帶給我們當下的快樂、滿足，是無關乎道德善惡的判斷標準。就陳黎《童話風》（一九九七年四月，三民書局）而言，其整體風格即顯現這種美的特質。例如〈國旗歌〉即試圖打破國旗的政治符號，而以「春天的國旗是花／夏天的國旗是太陽／秋天的國旗是落葉／冬天的國旗是雪」等句子點出：國旗，是心中的最愛、感覺最美的東西，在這樣的聯想下，「國旗」被解構了，卻也形成「人人心中有國旗」，每個人、乃至自然界每一事物，都有他所鍾情執著的代表物；而二者之間，所具有的幸福親密，無關乎道德或功利，就是美的呈現。

〈小蝸牛〉據說取自於陳黎女兒的原作（見〈作者的話〉），但詩中把「旅行」與「在家」的命題作了非常細膩

的推演，應是作者加工所得。小蝸牛背著蝸殼，歷經風吹雨淋、穿山越嶺之後，終於看到美麗的彩虹，這趟旅程走來艱辛又愉悅，讀者和小蝸牛都得到了滿足與感動，如同詩末云：「旅行就是在家，／在家也可以旅行；／這樣的世界多美好啊！／這樣的生活多獨特啊！」

又如〈遠方〉與〈撲滿〉二首，格調類似，主旨都在提示朦朧迷離的情感：風迷路了、夢沉船了、夢不請自來又不告而別，星星在樹影間遊盪等等，這些詩意與詩境，都是以喚起讀者深層的思考與感受；它的主題是曖昧的，卻是開放的；它的用意不僅在於提供趣味的想像，更在於引導美的感受，體會一種近似茫然的境界。

二、朵思童詩之美

朵思的《夢中音樂會》（一九九九年八月，三民書局）也有不少作品透露美的訊息。例如〈雨〉、〈風鈴〉都試圖描繪雨、風鈴所帶給人們的聽覺享受，在視覺意象上，也具有想像之美。〈雨〉的末段：「我很喜歡／靠在它聲音的臂膀／想心事」更提示了聽雨和心靈活動的密切關係，而這完全是一種美的活動，和現實利害毫無關聯。

〈虹〉以七色橋比喻彩虹，是常見的語彙；但「去撫摸雨後清爽的天空」、「去探看海被雨擾亂後／恢復平靜的心情」的句子，就顯現作者獨到的設想。這二句都是因為雨後見虹而起，雨後的天空、雨後的海洋，都有「動而後靜」的意境，值得欣賞玩味。

〈爸媽的對話〉以六組「我是／你是」的譬喻排比，具有古典勻稱的結構形式，結尾「這些／都是我偷偷聽到的／

爸媽的對話」點出主題：父母的和諧恩愛，是子女最大的幸福。這個主題，當然是道德的，但要注意的是，它是以各種美的意象與聯想來呈現。在前面六組譬喻的事物中，其實充塞著溫暖、親密、依賴、溫柔等的特質，而這些都是「愛」的代言，才能促成主題的呈現。當兒童聽到這些似懂非懂的對話，首先激發他的應是意象與想像，然後從這些類比關係中，逐漸感覺出模糊的含意，就算不完全明白，也應能沉浸在溫馨和樂的氣氛中──因為這些對話，是感性的語言，詩的語言，具有強烈的感染力。

三、想像：新奇與驚奇

　　想像是文學的原動力，想像力的馳騁正是作家創造力的表現。兒童本就富於想像，童詩作家又怎能不致力於此呢？想像必須有所依據，主客之間性質相近，而且合乎一般邏輯。但有時仍必須出奇制勝，展現獨特的觀察與智慧。

　　在想像的基礎上，運用各種譬喻、誇張、對比、烘托的手法，以凸顯主體，也是創作的基本要求，關鍵就在於是否新奇有趣，乃至於與題旨配合，完成一篇圓熟的作品。

　　就這方面看，陳黎〈跳繩〉與〈迴旋曲〉可算是相當成功。〈跳繩〉中所用的動詞：跳、翻、搖，都是跳繩時的動作，但配以海浪和海岸在跳繩、落日和黃昏在跳繩，想像非凡，而且末段更顯現落日黃昏的靜謐景象，這一場孩童式的遊戲，終歸於黑夜大地溫柔的懷抱，令人神往不已。〈迴旋曲〉寫的是海與天，夜與黎明無盡的循環，是大自然的迴旋曲。但是用「漱口」吐出雲朵、螢火蟲的想像，確實別有創意，全篇乃相當有動感之美。

　　朵思作品中的想像，是具有令人「驚奇」的效果，例如〈時鐘〉藉時鐘的滴答聲，表現時光不停留的主題，但透過想像的對話，以及簡短的語句「你聽到時間回答說：／不行，不行呀！」，末句否定、決絕的語氣，更增添時光無可挽留，怵目驚心的感覺。而〈葡萄〉將葡萄想像成一隻隻大眼睛，本與常理所言晶瑩剔透、鮮豔欲滴的甜美印象相違逆，加上「我」變成大怪獸，快速吞食，畫面可說十分悚動駭人；但透過末段的母女問答，使情境逆轉，由想像跌入現實，點出葡萄很甜，就不禁令人莞爾一笑，為作者的童心童趣，與神奇的想像而鼓掌。事實上，嗜甜如命的兒童，看到飽滿誘人的葡萄，怎不會立即狼吞虎嚥、大快朵頤呢！這首詩的想像，既是怪異新奇的，又符合兒童的心理。

　　其實，瀏覽各類童詩作品，無論是成人為兒童寫的，或兒童自己的創作，「想像」的確是最基本也是最普遍的手法，問題就在於程度的擴張與深度的挖掘，乃至於可能映現的方向，都必須有特別的創作功力才行。在兒童自己的作品中，想像或者只限於簡單的譬喻，或者失之太過，漫無邊際，使作品內涵無法收攏回來，也無法演繹其趨向。成人的創作，缺點亦然，甚至更可能犯上缺乏想像力的毛病，使作品枯澀無味。這裡，我想要強調的是，想像力的運用，首先求新求奇，次則呼應兒童心理，更重要的，仍是要以「美感」為指標，使作品中的想像，能夠召喚我們內心的美與感動。

四、結語

　　三民書局這套「小詩人系列」製作精美，對童詩有良好的鼓勵作用；除陳黎、朵思之外，我先前也評論了向明、夐

虹與葉維廉的作品。從這些童詩集，可注意到題材、語言、風格等論題，我很驚訝的發現，就詩論詩，或就童詩論童詩，其間仍然有些許差異。評論童詩，不得不考慮其題材與語言是否適合兒童，而作家若能跳過這兩種障礙，才能談到風格的經營，並且展現自己一貫的思想與態度。這樣的童詩，才是以藝術創作視之。這也是創作童詩時，最艱難的挑戰！

——一九九九年三月，台灣詩學季刊，廿六期

從一行到九行

——羅青《一本火柴盒》評介

　　詩人羅青一向具有實驗精神，這本《一本火柴盒》也不例外。首先，書名就讓人感覺怪怪的，火柴盒的單位是「本」嗎？隨便啦，「給你猜」啦，讀讀他的〈自序〉，你就明白了。

　　這本詩集最顯眼的是作品的形式。從卷一到卷九，依序是一行詩、二行詩……九行詩的創作形式，雖可統稱為「小詩」，卻變化多端，小而豐美。即使是相同的行數，也有三、四種以上的組合方式，有如數學的排列組合，或易經的八卦圖式，充滿新奇的趣味。在現代詩的發展上，從早期的十四行詩、豆腐乾體，以及向陽的「十行詩」、羅門的「一行詩」，這本詩集的實驗成果，是值得重視討論的。

　　就「少年詩」的類別而言，本詩集呈現的是哲理的理趣，而非落實於少年生活的寫實意義。從創作的層面看，這是詩人的自由，他本來就可以帶領讀者奔馳於想像的空間，文學的國度，不一定要貼近少年讀者的現實生活。只不過，試觀報刊雜誌所刊中學生的詩歌作品，在形式（大多是二十行以上的篇幅）與內容（大多反映升學、感情的苦悶）兩方面，與羅青的作品是有些差距的。於此，我們或可如此期許：有更多類型的少年詩誕生，使少兒文學的園地更加豐饒可觀。

　　　　　　　　　　　——一九九九年十一月十一日，中國時報
開卷版

孤獨又美麗的詩心

——徐魯《散步的小樹》評介

> 我常常逼真地感覺到／生命中最為孤獨又最為美麗
> 的／那一部分——徐魯〈熱愛生命〉

《散步的小樹》是大陸作家徐魯第一本在台灣出版的書，由他的四本詩集精選而成，配上桂文亞女士的攝影，展現詩與畫的迷人風采。

這本詩集被冠以「少年詩」的類型，顯示作者和編輯者的企圖，想要為少兒學開拓更寬廣的領域。當然，也給一般的詩人、讀者新的視角，一同試探詩與少兒文學結合的可能。在這方面，我覺得《散步的小樹》是相當成功的，因為它不只是少年生活的再現，更掌握了詩的特質——也就是藉用詩的語言與韻律，刻畫了一份孤獨而美麗的心靈，那是屬於十四、五歲的，也是永恆的詩的心靈。

「春天的林子是一架生命的琴／它們奏出美妙的音樂和詩歌／輕輕地輕輕地撞擊著／我充滿幻想的十四歲的心」（〈第一次的小雨〉）這美妙又輕盈的比喻，的確說中了少年的心事：充滿了幻想，充滿了新奇的希望，也帶著一點點神秘的感傷。就像書中對季節的敏感，除了春天，就屬秋天，〈在晚秋的曠野〉、〈在校園秋天的草地上〉等多首秋天的詩，總透露著「天涼好個秋」的意味兒，淡淡的憂傷，溫柔又悲涼，有田園牧歌的抒情，也有遊子他鄉的低迴。也許，不是每個少年都能感受到這早熟的孤獨，但這的確是屬於詩的。

　　除了對自然的歌詠，對人情的描繪也是這本詩集動人的地方。〈爺爺的冬天〉寫著「陽光用溫和的手／撫摸著他核桃一樣蒼老的臉」，這個比喻多麼細膩、鮮活，爺爺多皺紋的臉龐，剎時在陽光中熠熠生輝！〈給爺爺的信〉更添露了真摯的孺慕之情：童年裡，爺爺為他講故事的記憶猶新，但如今「又有誰呢／會踩著黃葉小路到那山間／去為你送上冬天的衣裳？」整首詩在長長的洞簫聲、蒼涼的月光、蕭瑟的風、將落的雪等意象烘托下，呈現了綿密悠長的情懷，具有婉約之美。此外，寫媽媽、同桌的女孩、校園中的夥伴，乃至於童年夢想中的「老船長」，也都相當生動，都有溫柔的筆觸，啟動少年的美感心靈。如果不是因為年少的單純唯美，怎麼會有這些超越現實利害的想像與情感？詩，要追求的，要摹塑的，正是這麼一份純粹的心靈。

　　然而，既名之為「少年詩」，它畢竟還是比較傾向於光明美好的那一面，〈信念〉、〈永遠的篝火〉等作品，可闡發此意。就連死亡，在〈無名的墓地〉一詩中，也顯現對死亡安詳而美麗的想像；書中配置的小紫花圖片，在黑色背景下，也頗有畫龍點睛的作用，讓人可以體會「黃昏的時候／我一個人走過一片／無名的墓地／我看見許多美麗的小花／向我點頭致意／宛若在深情地／祝福一個活著的人」這般似深還淺的溫情！經過詩人的藝術眼光，死亡也可以如此簡單而美好，而且是一首「平等的安魂曲」，沒有尊卑貴賤之別。

　　直到現在，還是有人說現代詩晦澀難懂。我想，像這樣一本少年詩，很可以作為現代詩的入門書。因為它開啟了我們對詩的單純而美好的信仰，值得一再回味。

──二○○一年十一月，文訊，一九三期

附 錄 一

評論詩集一覽表

回 女詩人新版圖

蓉　子《這一站不到神話》大地出版社 一九八六年九月

林　泠《在植物與幽靈之間》洪範書店 二〇〇三年一月

朵　思《從池塘出發》嘉義市立文化中心 一九九九年十一月

席慕蓉《席慕蓉・世紀詩選》爾雅出版社二〇〇〇年五月

葉　紅《廊下鋪著的沉睡》河童出版社一九九八年元月

曾淑美《墜入花叢的女子》人間雜誌社一九八七年十二月

陳斐雯《陳斐雯詩集》自印本一九八六年六月

羅任玲《逆光飛行》麥田出版公司一九九八年六月

曾美玲《囚禁的陽光》詩藝文出版社二〇〇〇年六月

吳淑麗《紫茉莉》詩藝文出版社二〇〇一年六月

洪淑苓《預約的幸福》河童出版社二〇〇一年七月

回 男詩人新版圖

周夢蝶《十三朵白菊花》洪範書店 二〇〇二年七月

張　健《春夏秋冬》文史哲出版社一九九六年三月

杜國清《愛染五夢》桂冠圖書公司一九九九年三月

汪啟疆《人魚海岸》九歌出版社二〇〇年二月

簡　捷《愛情草》圓神出版社一九九八年五月

陳義芝《不安的居住》九歌出版社一九九八年二月

陳義芝《青衫》洪範書店一九八六年四月

蘇紹連《台灣鄉鎮小孩》九歌出版社二〇〇一年九月

王潤華《熱帶雨林與殖民地》新加坡作家協會一九九年二月

向　明《向明・世紀詩選》爾雅出版社二〇〇〇年五月

杜十三《石頭悲傷而成為玉》思想生活屋國際文化公司二
　　○○一年一月

白　靈《白靈‧世紀詩選》爾雅出版社二○○○年六月

台　客《石與詩的對話》詩藝文出版社一九九八年九月

陳克華《美麗深邃的亞細亞》書林出版公司一九九七年五月

謝昭華《夢蜻蜓》書林出版公司二○○一年三月

陳大為《再鴻門》文史哲出版社一九九七年二月

陳大為《盡是魅影的城國》時報出版公司二○○一年六月

四 詩閱讀新版圖

江文瑜編《詩在女鯨躍身擊浪時》書林出版公司一九九八
　　年十一月

蕭　蕭《現代詩遊戲》爾雅出版社一九九八年一月

李敏勇《台灣詩閱讀》玉山社出版公司二○○○年九月

代　橘主編《詩路一九九九年詩選》台明文化公司二○○
　　○年十二月

回 童詩新版圖

葉維廉《樹媽媽》三民書局一九九七年四月

向　明《螢火蟲》三民書局一九九七年四月

敻　虹《稻草人》三民書局一九九七年四月

陳　黎《童話風》三民書局一九九七年四月

朵　思《夢中音樂會》三民書局一九九九年八月

羅　青《一本火柴盒》民生報社一九九九年十月

徐　魯《散步的小樹》民生報社二○○二年八月

附 錄 二

洪淑苓詩集《預約的幸福》評介

不要砍我的相思樹

──序洪淑苓詩集《預約的幸福》　　　張　健

　　洪淑苓在大學時代曾隨我學詩，不料眨眼間，她已變成人妻、人母、人師，乃至一位女詩人了。歲月的魔術杖，真是不可思議，不可捉摸！

　　以前陸陸續續讀過她好些詩作，有的在發表前，有的在發表後，有的印象深刻，有的光影模糊；但這一次，她們都薈萃在一起了，我可以大快朵頤。為她寫這篇序，我是在某夜就寢前一口氣在電話裏答應的！

　　她的〈留海〉，誦讀至三，使我情不自禁想起林泠早期的作品，諸如〈菩提樹〉〈女牆〉〈送行〉〈未竟之渡〉等，尤其是〈故事〉──也純是我對你的獨白，「你知我要遠行麼」前二段，每一段都這麼開始，末段又重複一次，節奏纏綿，旋律優美，令人讀之心怡，又復低迴不已。若說是模仿吧，又不是，只能說是「神似」，誇張一點說，有如簡齋之於子美。

　　而〈結〉呢，又有一點敻虹的意味了，你看她用「鵝黃」、「蒼蒼翠翠」、「藍的結」，灑灑落落，介乎有意無意之間。當年敻虹的「紅珊瑚」、「藍珠」，不能不說是一種標誌吧。可見顏色是天下之「公器」。在她的溫婉敦厚之外，洪淑苓也不時能夠醞釀奇思異想，譬如〈如果下雨〉便是一個極好的案例：

如果下雨
就會有一個又長又長的下午
十字上疊四個羅漢
再來一個觀音盤坐頂上
傘　就在街上遊行了
而隔雨的屋內
窄窄的方桌　對坐
閒情與閒愁

這不能不令人擊掌稱妙。

　　此外，她也善用「拈連」筆法，而且效果卓然，如〈風雨書懷〉中，

擎舉昨夜猶溼的心情
古典的油紙傘
正撐張我的思念

三行中兩用之，卻絲毫不覺窒礙，反得相輔相依、相得益彰之故。

　　〈伐木〉一詩的妙處，在於由起首的

好人兒，不要砍我的相思樹
你看，夜都哭了

一波一波的湧進，卻終於轉折成末尾的

好人兒，求借你的柴刀
砍伐我心底的密林
密密的
相思樹林

全詩的張力和情感濃度，已盡呈現在此中了。

　　寫母親，也往往是女詩人的擅場，她的〈龍柏之憶〉大開大闔，「一場雨沒有身世，沒有／童年，母親是謎」，怎不令人戚然動容？敻虹的「絲帕」，在這兒竟做了更具人間性的配角！

　　〈想飛〉在木馬與謫降的天梯之間，曳出了「一匹黑絲絨」，有點匪夷所思，卻又令讀者契然於心。

　　〈寫給樹的〉也許沒有她的正宗抒情詩那麼迷人，卻依然托物應情，有所感受，有所切入，有所新創──如「欲擒你的眼／故縱放團團綠火的／長夏」……

　　然後是她由少女變成婦人之後的種種，最主要的是她對嬰兒的疼愛，〈康乃馨為憑〉可視作代表作──

天邊有輕雷
你的小馬車啟動了
車聲轆轆，此去千里
我們相約
在我髮白，獨自憑欄的驛站
你將攜兒帶女以及一朵
血紅的康乃馨為憑

　　平實而真摯，但由于「輕雷」、「小馬車」、「此去
千里」、「血紅的康乃馨」之前後呼應，乃造成了「平中有
奇」的效果。

　　〈絕情書〉中的

　　夕陽墜落山谷
　　我的愛情
　　沒有人唱輓歌

則使人隱隱回味方思的〈夜歌〉，但淑苓和方思是大相逕庭
的。詩藝之妙往往「不可說」，此正是一大例證。

　　洪淑苓的個性是溫和而內斂的，但是她的詩，卻已做到
能收能放，柔中有剛。這對一位三十多歲的詩人來說，委實
是難能可貴的。但願來日她能拓寬題材（最近兩年，她已如
此從事了），變化風格，琢磨語言，再創新猷。

　　我們且拭目以待。

　　　　　　　　　　　　——二〇〇一年春四月於台大

猶記得彼當時

── 寫在《預約的幸福》之前　　　　向　明

　　八○年代的時候，我曾擔任八年《藍星詩刊》的編輯工作，那是我這一生文學生涯中最值得回味的日子。倒不是在編刊物時有什麼特殊的貢獻，或創下什麼奇蹟。而是在這段期間我很用心的發掘了很多新人。我審稿件時，決不以他們能寫出與有成就詩人等同水準的詩為奇，因為那尚祇是一個既有標準的投影，可以學習得來，我所在意的是有沒有青出於藍的潛力，或是自創品牌的天資。我很得意的發現，現在在詩壇都已卓然有成的詩人，還有屢屢獲得文學大獎的佼佼者，居然全都是當年我編藍星時的詩作者，他們都曾被我緊盯逼稿過，我覺得我還真是慧眼識人。

　　洪淑苓也是我編藍星那段時期的新人，那時她尚在台大中文系唸書。她的老師張健教授發現這朵詩的奇苞，把她的作品引薦到藍星發表。她的溫婉清純可說最合藍星一貫的抒情風格，出現後便非常受到重視。自藍星的前十期至二十多期都有她的作品。可惜後來藍星停刊了，她也從學生變為了老師，不但自己在課堂上講授現代詩，而且後來成為《國語日報》歷史悠久的「古今文選」的主選人。她不止是在詩藝上獲得肯定，而且在中國文學術的學地位上獲得極大的成就，獲得文學博士的學位。她比那些僅在詩藝上蒸蒸日上的同輩詩人更為突出。我一樣以她曾為我們藍星一份子為榮，但我不敢居功是我發掘了她。

　　洪淑苓曾經在一九九四年自費出版過她的第一本詩集
《合婚》，只印兩百本，送人就送光了。這第一本詩集也
就是所謂的處女集是一個詩人最重要最值得的記憶的資產。
從事詩創作時所有的勇氣膽量，生澀天真都可在這樣的集子
中一覽無遺。洪淑苓說這本詩集是她向新詩投下的第一張拜
帖。誠然，這第一張拜帖可能是叩開文學大門的敲門磚，從
此一腳踏入便再也回不了頭。也有人投下之後便石沉大海，
毫無反響，從此便消聲匿跡，或始終徘徊在詩國門外，再也
沒有勇氣叩關。而洪淑苓是前者，她有深厚的國學根底。古
典詩雖與新詩或現代詩在形式上和組句方法上截然不同，古
典詩也絕對沒有新詩或現代詩的自由放任，但受到嚴格古典
詩訓練之後，卻是對詩的應具特質和張本了然於心。所謂萬
變不離其宗，祇要懂得語言和修辭活化轉體的訣竅，從古典
走向現代還是有得其門而入的。洪淑苓便是熟諳這種門徑的
詩人。古典詩已經成了她的詩的營養，而非負債。她的第一
張拜帖便將她迎進了詩國的大門，她成了一個「詩」「學」
兩棲的詩人，就像她的老師張健一樣。

　　這本《預約的幸福》是洪淑苓投入詩國大門正式繳出
的成績單。共有自一九八二至一九九九，十七年來的詩七十
五首。分為五卷編成，處女詩集《合婚》有十五首詩放在卷
三。洪淑苓的風格是一路走來始終如一的。她遵循著我們傳
統美好的「溫柔敦厚」的詩教。她選擇溫婉抒情作她詩的最
終表現。她主張以詩的敏慧為人間創造美的音聲，為苦難的
人間預約一份平凡而寧靜的幸福。她這份詩觀是儒家精神莊
重進取的承傳，沒有妥協，沒有鄉愿，遇到當有所為或不得正
視的問題時，她還是義無反顧的用詩表達正義。因此「九二

一」地震後，她寫了長詩〈死亡之華——記九二一大地震〉和組詩〈地震日記二則〉，表達出對整個台灣人民與土地的哀慟。她不是一個女性主義者，卻寫了〈西北雨〉〈腥燥的雪繼續下著〉，這些代表女性抗議的詩，後者是為白曉燕、彭婉如、張富貞這三位冤死的女性而寫的。她沒有用駭人的意象來描寫這無理性世界的悲慘，她只在詩一開頭用怕怕的口氣說：

> 我還是躲起來
> 寫美美的詩比較好

　　如果一個社會人必須「躲」起來才活得下去，而且靠寫「美美的詩」才會安全，這種絕望心態的反諷寫法，實比寫多少萬惡的形容都來得震驚。
　　對這後現代的混亂城市，洪淑苓以〈麻雀二題〉作出了批判，寫來也非常犀利：

> 1

> 電線桿走入地下
> 麻雀失去
> 五線譜的天空

> 盆栽被玻璃屋取代
> 吻上一片冰冷
> 麻雀才知道

這個城市
拒絕聲音
也拒絕色彩

2

肥皂箱上的呱噪
不如麻雀
聲聲單調的歌唱
喚醒這都市的早晨

滿街旗幟的飄揚
不如麻雀
粒粒灰白的糞屎
滋養這腳下的土地

　　我始終認為任何一個寫詩的人，不能以專寫某類詩來規範自己。他的視角應該伸入每處隙縫，他的關懷面應該澤被眾生，他的意象取材應該萬物都為其所用。即使渺小如一隻尋常飛來飛去的小麻雀，「解用都為絕妙詞」，不是麼？這兩題詩中的主角小麻雀，不都是我們大家對這現實的心靈感觸化身？

　　當然作為一個女性詩人，正如她自己所言終究不願成為一個劍拔弩張的鬥士，她的女性本質所透露的母愛深情仍是她最受推崇的擅長，只有這才能看出洪淑苓為詩專精的一

面。在這方面她的幾首台語詩最能傳達她心中潛藏的情感。
就以〈四物仔湯〉一詩為例，四物湯是本省婦女最尋常的一
種補品，但是「阿母捧乎阮一碗」的四物湯就不同了。且看
洪淑苓怎樣深情的描寫：

猶記得彼當時
五燭電火球仔下
阿母捧乎阮一碗
黑黑苦苦的藥湯
講是四物仔
要乎阮轉大人
小妹妹變做小姐

有夠苦有夠澀
含著目屎飲下去
是按狀轉大人
這呢啊艱苦
阿母沒講啥些
乾搭攔乎阮配一包
酸酸甜甜的梅仔餅

有夠苦有夠澀
墊一兮啊酸酸甜甜
尾啊阮才知伴
這就是
人生的滋味

　　此詩將時地物景生動的道出，背後卻將母親的愛心苦心及望女成鳳的企圖心關懷情作了密實濃烈的呈現，最後終於讓人體會出，人生的滋味本也是這樣的苦澀甜酸，樣樣都嘗。詩的場形圓融並具啟示性。

　　〈四物仔湯〉是寫來紀念母親的辛勞，充滿著人子感恩的赤誠。等到自己也成為人母後，她又把這份愛心轉嫁自己女兒身上。〈在鹿港寫給女兒〉是一首把女兒童年和她自己成長經驗疊加成的一幅幸福圖景，讀來既美麗又溫馨：

　　　和你的童年走在瑤林街
　　　你是紅衣紅鞋
　　　紮個小髮辮的小乖乖

　　　早該為你釀一罈女兒紅
　　　買個扯鈴　做隻風箏
　　　讓你在小庭院踢球踢鍵子
　　　採採七里香和酢醬草

　　　我的童年也在四合院
　　　跳房子捏泥人
　　　長成少女總是低頭走路
　　　心裡的事
　　　好像那村前老玉蘭
　　　平日蓊蓊鬱鬱　一開花
　　　就是三五十　將近百朵
　　　待人解讀的詩篇

彎曲巷底　大陽走累了
你說要抱抱要揹揹
就把紅紅的彩球繫在背後
我揹起你　你揹著
睏去的夢
我們一同
慢慢走
慢慢走

　　這首詩除了場景表現得活潑生動，親切感人之外，最可貴的是這一切都是在優美的旋律和韻味中順口順心的發生，不由得讓人貼心的歡喜。怪不得曾獲大獎。

　　這本《預約的幸福》好詩實在太多，不是一篇短短的序言所可能道盡，相信將來必定會有識家作詳盡的全盤評點。就我這老舊保守的觀點言，我是非常沉醉這種抒情味濃，美學品味高的傳統女性詩的。我覺得洪淑苓是蓉子，夐虹之後，另一會在詩文學上持久發光的女詩人。

溫柔的母性發聲與人性關懷

──序洪淑苓《預約的幸福》　　　朵　思

　　英國哲學家柏特蘭・羅素(Bertrand Rusell)說：「大部分人的內心都具有某種不幸，只有憑藉毀滅性的憤怒才能使之發洩出來，因此，只有宣傳本能的快樂，才能創造更理想的世界。」

　　所謂本能的快樂，也許即是洪淑苓所強調的「溫柔敦厚」，才能引伸出來那樣的社會面貌吧？詩，本是發洩感情的產物，但這本詩集中陳露的溫暖意象和寬廣人性關懷，卻使讀者在嗅覺上一味聞到愛的芬芳和生命奔放的熱力。曾以《合婚》一書初探詩壇的她，在廿世紀年輕詩人紛紛敲叩詩壇門扉之際，她便以其展露的殊異才氣，坦然邁入了詩壇。

　　這本詩集，卷一的「風雨書懷」是作者的早期作品，大部分都從「我」出發，除了〈冰雪十行〉是中性書寫和〈舞鞋〉之外，〈重逢〉〈留海〉〈窗想〉〈風雨書懷〉皆屬個人溫柔的抒情情境敘說，〈窗想〉的節奏緊密，娓娓道來，讀之舒坦動心。

　　四方方的框框外　　遠處
　　風景在開畫展
　　側峰
　　橫
　　嶺

　　懸瀑
　　姿勢一擺就是千年

她先由物象轉而進入心象，後來才述及：你／來否？

　　〈風雨書懷〉作者則用：素白素白的紙箋／寫我素白素白的思念，用情屬深，卻以素白描之，泫然痛楚之外，自然多加了一份知性。〈借傘〉的意境佈局，讀來有如進入鄭愁予的詩中時空，看下面：那年西湖的雨／翻越千山萬嶺／趕會一個因緣來了，之後又是：雨濕的衣衫／亂針繡著遊湖的詩句。這不是很像愁予纏綿的詩句嗎？

　　其實，卷一之中，最出色的作品，應屬充滿人性關懷非常寫實的〈舞鞋〉，作者註明：吾友參加小兒麻痺症病患調查工作，得有病例，女娃……抖顫病腳，舞蹈於彼眾前，余感佩其志而投詩以贈。以「生命的甦醒剛剛流到足尖」開始，到「爸，媽——我究竟有／舞／鞋」，作者完全基於母性揣摩的描述，假擬、想像、摻入病腳，拼貼出人生悲愁酸楚的心理過程，頗為耐人尋味。

　　卷二「珠花鍊」的十一首詩，文字、意象都比卷一凝鍊得多，寫給樹的〈印度黃檀〉〈白千層〉〈欖仁樹〉〈流蘇〉，都以淺白的文字，再轉折出一種令人回味的立體印象，譬如〈欖仁樹〉中：

　　以木質的溫柔
　　化為季節的暗示

明明是清清楚楚的文字，卻不禁讓心靈還是受到撞擊。

　　而讀卷二，也有一種猛然悟及的感受，是新世紀新邏輯技巧，不祇端賴先天知識，而是必輔以後設的抽象思考，才能導向一個全新的語言概念。

　　雖然洪淑苓未必是屬於一個後現代主義者，但她的〈龍柏之憶〉仍浮漾著解構性的詩意，第一句：記憶中那場雨沒有身世，給人的震撼力頗強，延伸至後來，又是：紅紅紛紛的一場雨沒有身世，中間屬穿插稍為傳統抒情的臼窠，而前後的高潮卻把中段流水式的陳述掩蓋了。

　　卷三「合婚」，包含早期和後來在現代詩發表的作品，此卷可以讀出作者由嫩而漸入深邃的迭變，其中，給她兒女的詩，〈分娩記事〉，〈三十學畫眉〉以及〈洗衣程式〉，都以女性本位為出發點，當女性主義抬頭，經血、懷孕、分娩，男性皆無法獲得親身體驗的經歷，這些特質，無庸置疑，便成了女性書寫的專利，因之，女性的細膩描繪、母性光輝，這些光環便都由女性獨霸而無愧。

　　事實上，發表於一九九一年的〈舞碼三組〉，和一九九七年發表在《現代詩》廿九期的〈洗衣程式〉，結構上頗為相似，它們皆以現代式本質的語言形式，洋溢出活潑新鮮的撼動旋律。

　　〈西北雨〉則更顯現出飽滿的成熟度，她描寫女體，當然這女體是作者或她人不得而知，不過，把溼了衣衫的她置於窗口的雄性眼睛，真是拓展了前所未有的想像力。

　　她奔跑
　　領著一群雨奔跑

這妙喻，簡直讓讀者的想像飛翔了。

涙痕斑斑的窗
吶喊著：「愛，不要離開我。」

具有情節的現代詩詮釋手法，其實是可以和戲劇相結合的。

卷四「阿母个裁縫車」，擁有多首台語詩〈四物仔湯〉〈煮飯花〉〈阿母个裁縫車〉〈尾班車〉，卷內也寫〈女詩人〉和〈男詩人〉，直覺上，此卷情感流露感人肺腑。台灣通俗生活的點點滴滴，皆藉由作者的筆生動展現，也由於作者的回憶，帶領我們回到了台灣光復初期的溫馨年代。

卷五「預約的幸福」，最敲擊人心的莫過於對於九二一大地震的驚悚描述，作者並未親臨其境，但寫來逼真而引人共鳴。

吊燈晃動了
櫥櫃和牆壁爭吵
天花板向地板進攻
樑柱讓出一條條斜斜的路

在〈地震日記〉中，她又把脆脆的玉米片聯想成樓房折斷的聲音，把蘇打餅乾想成牆壁嘩剝紛飛的碎片，她把對震災區的苦難融入自己的生活和內心，而詩人的大愛情操，也喚醒了讀者的惻隱之心。

至於作者與現實的擦撞、結合，在〈腥燥的雪繼續下著〉一詩中坦露無遺，對張富貞、彭婉如、白曉燕的哀慟，

反映出作者對社會的關懷深切。

〈黑光劇場〉一詩的佳句，是非常聳動的。例如：

戲散了　又是一大群影子
扶著你走出來

影子和影子一路細碎的低語
像融雪後的流冰不斷浮竄

〈速食店所見〉的 e 世代情景，是側面描寫，卻也是正面的社會風景素描。

洪淑苓以善良的本性，幅射掃描了周邊的事物，她追求正面人生，各種題材、各個刻面相互交融，使她詩的體質更為強壯。她誠懇預約幸福，果然，她的真誠，使她在詩的表達和真正的人生得到正果，而當然，廣義的幸福，不祇是不想做晚餐，也不祇侷限於和親愛的人併肩看夕陽，以她對現代詩投入的熱情，想必當會有更燦爛的遠景在等待她。

國家圖書館出版品預行編目

現代詩新版圖／洪淑苓著. -- 一版
臺北市：秀威資訊科技， 2004[民 93]
　面 ；　　公分.-- 參考書目：面
ISBN 978-986-7614-42-1（平裝）
1. 中國詩－歷史－現代（1900-　）
2. 中國詩－評論

820.9108　　　　　　　　　　　93014457

 語言文學類　AG0018

現代詩新版圖

作　　者 / 洪淑苓
發 行 人 / 宋政坤
執行編輯 / 魏良珍
圖文排版 / 張慧雯
封面設計 / 莊芯媚
數位轉譯 / 徐真玉　沈裕閔
銷售發行 / 林怡君
網路服務 / 徐國晉
出版印製 / 秀威資訊科技股份有限公司
　　　　　台北市內湖區瑞光路 583 巷 25 號 1 樓
　　　　　電話：02-2657-9211　　　傳真：02-2657-9106
　　　　　E-mail：service@showwe.com.tw
經 銷 商 / 紅螞蟻圖書有限公司
　　　　　台北市內湖區舊宗路二段 121 巷 28、32 號 4 樓
　　　　　電話：02-2795-3656　　　傳真：02-2795-4100
　　　　　http://www.e-redant.com

2006 年 7 月 BOD 再刷
定價：300 元

讀　者　回　函　卡

感謝您購買本書，為提升服務品質，煩請填寫以下問卷，收到您的寶貴意
見後，我們會仔細收藏記錄並回贈紀念品，謝謝！

1. 您購買的書名：＿＿＿＿＿＿＿＿＿＿＿＿＿＿＿＿＿

2. 您從何得知本書的消息？

　　☐網路書店　　☐部落格　　☐資料庫搜尋　　☐書訊　　☐電子報　　☐書店

　　☐平面媒體　　☐ 朋友推薦　　☐網站推薦　☐其他＿＿＿＿＿＿＿

3. 您對本書的評價：(請填代號　1.非常滿意 2.滿意 3.尚可 4.再改進)

　　封面設計＿＿＿　版面編排＿＿＿　內容＿＿＿　文/譯筆＿＿＿　價格＿＿＿

4. 讀完書後您覺得：

　　☐很有收獲　　☐有收獲　　☐收獲不多　　☐沒收獲

5. 您會推薦本書給朋友嗎？

　　☐會　　☐不會，為什麼？＿＿＿＿＿＿＿＿＿＿＿＿＿＿＿＿＿＿＿

6. 其他寶貴的意見：＿＿＿＿＿＿＿＿＿＿＿＿＿＿＿＿＿＿＿＿＿

＿＿＿＿＿＿＿＿＿＿＿＿＿＿＿＿＿＿＿＿＿＿＿＿＿＿＿＿＿＿＿

＿＿＿＿＿＿＿＿＿＿＿＿＿＿＿＿＿＿＿＿＿＿＿＿＿＿＿＿＿＿＿

＿＿＿＿＿＿＿＿＿＿＿＿＿＿＿＿＿＿＿＿＿＿＿＿＿＿＿＿＿＿＿

讀者基本資料

姓名：＿＿＿＿＿＿＿＿＿＿　年齡：＿＿＿＿　性別：☐女 ☐男

聯絡電話：＿＿＿＿＿＿＿＿　E-mail：＿＿＿＿＿＿＿＿＿＿＿

地址：＿＿＿＿＿＿＿＿＿＿＿＿＿＿＿＿＿＿＿＿＿＿＿＿＿＿

學歷：☐高中(含)以下　　☐高中　　☐專科學校　　☐大學

　　　☐研究所(含)以上 ☐其他＿＿＿＿＿＿＿＿＿

職業：☐製造業 ☐金融業 ☐資訊業 ☐軍警 ☐傳播業 ☐自由業

　　　☐服務業 ☐公務員 ☐教職　☐學生 ☐其他＿＿＿＿＿＿

(請沿線對摺寄回,謝謝!)

秀威與 BOD

BOD（Books On Demand）是數位出版的大趨勢，秀威資訊率先運用 POD 數位印刷設備來生產書籍，並提供作者全程數位出版服務，致使書籍產銷零庫存，知識傳承不絕版，目前已開闢以下書系：

一、BOD 學術著作—專業論述的閱讀延伸
二、BOD 個人著作—分享生命的心路歷程
三、BOD 旅遊著作—個人深度旅遊文學創作
四、BOD 大陸學者—大陸專業學者學術出版
五、POD 獨家經銷—數位產製的代發行書籍

BOD 秀威網路書店：www.showwe.com.tw
政府出版品網路書店：www.govbooks.com.tw

永不絕版的故事·自己寫·永不休止的音符·自己唱